Ernest van der Kwast • Mama Tandoori

Ernest van der Kwast

# MAMA TANDOORI

Roman

Aus dem Niederländischen
von Andreas Ecke

btb

# ZWEI KOFFER

Alles begann mit zwei Koffern. Meine Mutter kam 1969 mit zwei Koffern voller Armbänder, Halsketten und Ohrringe in die Niederlande. Sie fand eine Stelle als Krankenpflegerin und ein Zimmer im Schwesternwohnheim. Die Koffer versteckte sie unterm Bett, nach Ansicht von Indern der beste Ort für die Aufbewahrung wertvoller Dinge. »Einbrecher schauen nie unter Betten«, vertraute sie mir einmal an. Mein Vater flüsterte mir ins Ohr: »In Indien hat fast niemand ein Bett.«

Jahrelang blieben die zwei Koffer unter dem Bett meiner Mutter liegen. Bis mein Vater, ein linkischer Mann mit Segelohren, ein typischer Holländer, sich in die Exotin verliebte, die meine Mutter in seinen Augen war. Ich weiß nicht, was genau sich zwischen den beiden abgespielt hat, und will es eigentlich auch nicht wissen. Belassen wir es hierbei: Die Koffer zogen irgendwann in ein winziges Häuschen in der Bloemstraat um und landeten dort unter einem Doppelbett.

Mein Vater studierte Medizin und vergrub sich den ganzen Tag bis zu den Segelohren in seinen Lehrbüchern. Meine Mutter arbeitete als Krankenpflegerin und sorgte fürs tägliche Brot. Oder in ihrem Fall: fürs tägliche *Naan.* »Dein Vater war so arm wie eine Ratte in Delhi«, vertraute meine Mutter mir an. Mein Vater flüsterte mir ins Ohr: »Wäre ich bloß eine Ratte in Delhi.«

Das Häuschen in der Bloemstraat war hellhörig, stand schief und müffelte noch schlimmer als die Achselhöhlen meines Vaters. So jedenfalls lautet die Version meiner Mutter. Es gibt keine Möglichkeit mehr, sie zu verifizieren. Die Häuser in der Bloemstraat sind abgerissen worden; wo meine Eltern gewohnt haben, steht heute ein Koloss von einem Etagenhaus. Die Zeit ist ein schrecklicher Allesfresser, ein unersättlicher Omnivor. Der Gestank unter den Achseln meines Vaters scheint allerdings unvergänglich zu sein. Nach Ansicht meiner Mutter hängt das mit seinem Beruf zusammen. Er ist Pathologe.

»Was rieche ich da?«, hat meine Mutter bei Tisch oft gefragt.

»Mmh«, sagte mein Vater. »*Tandoori Chicken.*«

»Ich rieche Leichen!«, schrie meine Mutter. »Der Gestank von Toten verdirbt mein Essen!«

Mein Vater hielt seine Nase über den Teller. »Köstlich«, erwiderte er. »*Tandoori Chicken.*«

»Es kommt aus deinen Achselhöhlen!«, brüllte meine Mutter. »Der Leichengeruch setzt sich unter deinen Achseln fest! Du sollst die Arme an den Körper drücken!«

Wenn ich an früher denke, sehe ich, wie mein Vater am Kopfende des Tisches sitzt, die Oberarme krampfhaft an den Brustkorb drückt und unbeholfen mit dem Besteck hantiert.

In meiner Jugend habe ich meinen Vater nie an seinem Arbeitsplatz besucht, aus Angst, er könnte mit den Armen bis zu den Achseln in einer Leiche verschwunden sein.

Das hellhörige, schiefe, stinkende Häuschen in der Bloemstraat war keine Dauerlösung, schon bald wurde ein neues Domizil gesucht. Meine Mutter fand es in der Jericholaan im schicken Rotterdamer Stadtteil Kralingen. Nummer 81 war ein Stadthaus mit drei Stockwerken, einem großzügigen Garten und einem Mieter, Herrn Gerritsen. Ich habe Herrn Gerritsen nie kennenlernen dürfen. Als ich geboren wurde, war er schon aus dem Haus geflohen, wobei er mit schriller Stimme »Sie ist der Teufel! Sie ist der Teufel!« rief.

Das Haus in der Jericholaan kostete ein Vermögen, doch es gelang meiner Mutter, den Preis herunterzuhandeln. Sie handelte jeden Preis herunter, ob es um Kleidung, Möbel, Küchengeräte oder Hühnerfilet ging. Herunterhandeln war ihr Hobby, mehr noch: ein Sport. Meine halbe Jugend habe ich in Läden und Kaufhäusern damit verbracht, auf den Moment zu warten, in dem der Verkäufer nachgab. Ich erinnere mich, wie meine Mutter in einem Bettengeschäft sagte: »In Indien bekommt man dafür hundert Etagenbetten.« Ich hütete mich zu sagen, dass es in Indien gar keine Etagenbetten gibt, sondern tat, was mir befohlen worden war. Ich legte mich auf eine Matratze, von der ich mich erst auf ein Zeichen meiner Mutter wieder erheben durfte. Das kam um sechzehn Uhr dreißig, sechs Stunden, nachdem wir das Geschäft betreten hatten. Der Verkäufer sah aus wie nach einem Boxkampf über zwölf Runden. Um die Lippen meiner Mutter spielte ein triumphierendes Lächeln. Sie hatte einen Preisnachlass von achtzig Prozent ausgehandelt.

Auch der Makler, der ihr das Haus in der Jericholaan verkaufte, zog den Kürzeren. Es heißt, dass meine Mutter die beiden Koffer gegen das Haus eintauschen wollte. Der Makler begriff nicht, was sie meinte. »Sie können nur mit Geld bezahlen«, erklärte er, worauf meine Mutter in Zorn geriet. »Sie beleidigen mich!«, rief sie. »In Indien kann man mit diesen beiden Koffern eine ganze Stadt kaufen!«

Der Makler starrte die Koffer an, auf seiner Stirn bildeten sich tiefe Falten, sein Blick verfinsterte sich. Vielleicht dachte er darüber nach, ob er doch einen anderen Beruf hätte ergreifen sollen. Ich glaube, Menschen, die meiner Mutter begegneten, mussten zu der Überzeugung gelangen, dass sie in ihrem Leben den falschen Weg eingeschlagen hatten.

Meine Mutter deutete das Schweigen des Maklers als Ausdruck von Interesse. Sie zählte die Schmuckstücke in den Koffern auf: Nasenringe, Fußkettchen, Armbänder, Ohrringe, Halsketten, sogar ein goldenes Diadem.

Der Makler blickte hilfesuchend meinen Vater an, der sich jedoch an sein Sprechverbot hielt. Mein Vater durfte lediglich atmen und nicken (dies natürlich nur zu Äußerungen meiner Mutter).

Vorsichtig nannte der Makler den Angebotspreis. Meine Mutter schüttelte den Kopf, teilte die Summe durch zwei, zog zehntausend ab, rechnete das Zwischenergebnis in Rupien um, teilte den Betrag ein weiteres Mal durch zwei und nannte das Endergebnis.

Mein Vater fing den Makler auf und flüsterte ihm ins Ohr: »Halb so schlimm, alles halb so schlimm. Bedenken Sie, dass Sie nicht mit ihr verheiratet sind.«

Es folgten noch viele weitere Besichtigungen, und jedes Mal versuchte meine Mutter, den Preis herunterzuhandeln. Der Makler fiel nicht mehr in Ohnmacht, musste sich aber nach jeder Besichtigung auf den steinernen Stufen vor der Haustür ausruhen. Auch er hat vermutlich ausgesehen wie nach einem Boxkampf über zwölf Runden.

Schließlich verkaufte meine Mutter den Inhalt der beiden Koffer an die führenden Juweliere von Rotterdam. Vom Erlös bezahlte sie das Haus Jericholaan 81.

Wer an dieser Transaktion zweifelt, sollte gute Reflexe haben, er könnte sonst einen kräftigen Schlag mit dem Nudelholz kassieren. In meiner Kindheit war es nicht ungewöhnlich, dass wir kein *Roti* aßen, weil das Nudelholz kaputt war.

In meiner Erinnerung sehe ich meinen Vater mit einem Eisbeutel auf dem Kopf und höre ihn murmeln: »Wäre ich bloß eine Ratte in Delhi, wäre ich bloß eine Ratte in Delhi ...«

Unter dem Bett meiner Eltern in der Jericholaan lagen nun keine Koffer mehr. Stattdessen andere wertvolle Dinge wie ein geerbtes Mikroskop und säckeweise Basmati-Reis. Mein Vater hatte sein Studium inzwischen abgeschlossen und arbeitete als Arzt im Praktikum. Für ein Gehalt, das nach Ansicht meiner Mutter dem Lohn eines Gepäckträgers im Bahnhof von Bombay entsprach.

Bombay – die Stadt, in der ich geboren wurde. Bis heute ist es mir ein Rätsel, warum ich nicht wie meine beiden Brüder in den Niederlanden zur Welt kam. Warum meine Mutter mir in Bombay das Leben schenkte, während mein Vater in Rotterdam war. Eigentlich kann ich es mir nur mit einem sensationellen Sparpreis erklären. Sonderangebote üben auf meine Mutter eine überwältigende Anziehungskraft aus, so wie ein rotes Tuch den Stier in Fahrt bringt.

Ich stelle mir folgendes Szenario vor: *Air India* lässt Kinder gratis mitfliegen. Hin gilt das Angebot »drei zum Preis von einem«. Und zurück sogar »vier zum Preis von einem«. Nur müsste mein Vater dann zu Hause bleiben. Und das hat er getan, ob freiwillig oder nicht.

Kaum hatte ich Mutters Bauch verlassen, rief Onkel

Sharma meinen Vater an. Der glaubte nach dem Gespräch, ich wäre ein Mädchen. »Da saßen Vögelchen auf der Leitung«, flüsterte er mir einmal ins Ohr, nachdem meine Mutter mir anvertraut hatte, er sei stocktaub und höre nur, was er hören wolle. »*Deodorant* ist ein Wort, das dein Vater nie hört. *Seife* ist ein Wort, das dein Vater nie hört. *Würdest du bitte duschen?* ist ein Satz, den dein Vater nie hört.«

Doch ich schweife ab. Zurück zu den zwei Koffern. Sie hatten die Gestalt eines imposanten Stadthauses in Kralingen angenommen. Meine Eltern bewohnten das Hochparterre und den ersten Stock, Herr Gerritsen das Dachgeschoss. Das ging so lange gut, bis meine Mutter das Wort »Mieterschutz« lernte. Es entschlüpfte dem Mund von Herrn Gerritsen. Meine Mutter explodierte. »Mieterschutz!«, rief sie, als wäre das eine gefährliche Geschlechtskrankheit. »Raus aus meinem Haus! Sofort raus aus meinem Haus!« Aber Herr Gerritsen blieb. Jedenfalls noch drei Tage.

Am ersten Tag verbrannte meine Mutter im Garten hinterm Haus schwarze Müllsäcke. Während der Rauch den Himmel verdunkelte, rief sie: »Fort mit dir, Geist! Böser Geist von Herrn Gerritsen, verschwinde!« Außerdem stand sie um drei Uhr in der Nacht auf und klopfte mit einem Besenstiel an die Decke. Dabei sprach sie eine traditionelle Formel, die in Indien rezitiert wird, wenn jemand eine tödliche Krankheit im Endstadium hat.

Am zweiten Tag radelte meine Mutter zum Erlebnisbauernhof im Kralinger Wäldchen und stahl dort Mist von der Kuh. Beinahe wurde sie erwischt, weil sie nur frischen Mist haben wollte. Ein Vorschulkind schlug Alarm. »Mama! Mama! Die Frau da steckt die Kacke von Bella in ihre Tasche!« Sicher zu Hause angekommen, zog meine Mutter die Gummihandschuhe an und begann, für ihren Mieter Plätzchen zu backen.

Am dritten Tag litt Herr Gerritsen unter Durchfall, und meine Mutter drehte das Wasser ab. Zusätzlich hämmerte sie ununterbrochen mit dem Besenstiel an die Decke und rezitierte die traditionelle Formel.

Am vierten Tag bereitete meine Mutter ein Festmahl zu, um sämtlichen Hindugöttern für Herrn Gerritsens plötzlichen Auszug zu danken.

So stieg der Wert der beiden Koffer auf den eines Stadthauses ohne Mieter.

Meine Eltern wohnten zehn Jahre in der Jericholaan, die Familie vergrößerte sich nicht weiter. Meine Mutter hatte aufgehört zu arbeiten, denn drei Söhne machten genug Arbeit. Mein Vater war approbiert worden und hatte eine Stelle als Assistenzarzt. Er verdiente nun so viel »wie ein Rikschaläufer in Bangalore«.

Ich hatte eine gute Kindheit, vielleicht aber nur, weil ich zu jung war, um die Bedeutung all dessen zu erfassen, was um mich herum vorging. Ich glaubte, dass wir eine normale Familie wären, dass zu jeder Familie eine Mutter wie meine gehörte und ein Vater, der »wäre ich bloß eine Ratte« murmelte. Wenn nicht in Delhi, dann in Rotterdam, Deventer oder Goes.

Mein ältester Bruder ist geistig behindert. Er ist der Einzige, der es bis heute für normal hält, dass Väter beim Essen die Arme an den Oberkörper pressen, dass Müllsäcke im Garten verbrannt und Makler mit einem Nudelholz attackiert werden. So geschehen, als das Haus Jericholaan 81 verkauft werden sollte, ein Jahrzehnt nach dem Einzug meiner Eltern.

Meine Mutter hatte ein Auge auf ein noch besseres Haus geworfen. Eine Villa mit Garage, Terrasse und Aussicht auf den Kralingse Plas, den See im Kralinger Wäldchen. »Die können wir uns unmöglich leisten«, sagte mein Vater, worauf meine Mutter entgegnete: »Die kannst *du* dir unmöglich leisten.«

Meine Mutter plante, das Haus Jericholaan 81 mit so hohem Gewinn zu verkaufen, dass der Erlös für die Villa ausreichen würde. Der Makler, an den sie sich wandte, war ein anderer als beim Kauf des Hauses. Wahrscheinlich arbeitete der Makler von damals inzwischen als Bibliothekar, in tiefer Stille, zwischen endlosen Reihen von Büchern.

Der neue Makler bezeichnete die Summe, die meine Mutter für das Haus verlangte, als »exorbitant«. Meine Mutter erweckte den Eindruck, das Wort nicht zu kennen und deshalb ein Wörterbuch holen zu wollen. Doch als sie ins Wohnzimmer zurückkehrte, hatte sie ein Nudelholz in der Hand. »Exorbitant?!«, schrie sie, als wäre auch das eine Geschlechtskrankheit. »Raus aus meinem Haus!«

»Rennen«, sagte mein Vater.

Der Makler sprang vom Stuhl auf und floh aus dem Haus.

Mein ältester Bruder rief: »Los, Mama, los!«

Mein anderer Bruder und ich schwiegen beschämt. Zu dem Zeitpunkt wussten wir bereits, dass wir keine normale Familie waren.

Der Makler kam nicht wieder, und meine Mutter beschloss, den Verkauf des Hauses selbst in die Hand zu nehmen. Wir sahen nun jede Woche jemand anderen aus dem Haus fliehen. Meine Mutter war in ihrer Jugend eine vielversprechende Leichtathletin gewesen, auf ihrem Nachtschränkchen standen große Pokale. Sie waren glanzlos und rostig geworden, doch die Beine meiner Mutter hatten sich ihre Spannkraft erhalten, selbst mit vierzig konnte sie noch erstaunlich gut sprinten. Manchmal packte sie einen potenziellen Käufer auch am Kragen und schleuderte ihm ihr Standardargument in einer speziellen Variante ins Gesicht: »Zu diesem Preis bekommt man in Indien nicht mal eine Wellblechhütte!«

Das Parkett in der Diele war bereits etwas abgewetzt, als eines Tages ein älterer Herr ein Angebot machte, mit dem meine Mutter leben konnte. Zur Höhe des Betrags kursieren zwei verschiedene Angaben. Die meines Vaters, die meiner Mutter. Da sie immer recht hatte, muss die Summe doppelt so hoch wie der Kaufpreis der Villa gewesen sein …

Die Villa wurde gekauft. Ein Bekannter meiner Mutter machte den Umzug mit seinem blauen Lieferwagen. Richtige Umzugsunternehmen waren zu teuer, in Indien gab es so etwas gar nicht. Und so fuhr ein alter Lieferwagen siebenunddreißig Mal zwischen der Jericholaan und der Tiberiaslaan hin und her. Meine Mutter hatte im Lauf der Jahre eine geradezu krankhafte Sammelwut entwickelt. Hingebungsvoll wie eine Heilsarmee-Soldatin erbarmte sie sich des Sperrmülls anderer Leute. Was sie an der Straße abstellten, nahm meine Mutter mit nach Hause. Kaputte Radios, rostige Fahrräder, angestoßene Möbel, alles schleppte sie in die Jericholaan. Irgendwann würde sie die Sachen nach Indien schaffen und Menschen damit glücklich machen. Das war ihr Traum. Sie war davon überzeugt, dass die Ärmsten der Armen, die Parias, die nichts als ihren Körper besitzen, sich über alles freuen. Auch über einen Fernseher ohne Bildschirm.

Die frühen Jahre meiner Mutter sind ein dunkler Fleck. Ich weiß kaum etwas darüber, die Scham verschließt ihren Mund. Doch manchmal wacht sie nachts aus einem Albtraum auf, einem Traum von einem Leben in Armut, vor langer Zeit. Dann öffnet ein Schrei ihren Mund, und das Schwarz der Nacht ist tröstlich und hundertmal heller als der dunkle Fleck ihrer frühen Erinnerungen.

Die Anwohner der Tiberiaslaan verfolgten hinter ihren Lamellen ängstlich das Umzugsgeschehen. In ihren Augen muss der blaue Lieferwagen das Gegenteil eines Müllwagens gewesen sein. Immer wieder wurde eine Fuhre Hausrat auf dem Gehweg abgeladen, elektrische Geräte, Fahrräder und Möbel türmten sich bald zu einem Berg auf. Einem Berg, der immer noch auf dem Gehweg lag, als der nächste Morgen dämmerte. Der Umzug dauerte da schon länger als achtundzwanzig Stunden. Nach jeder Fahrt rief mein Vater: »Nie wieder ziehe ich um!«

Noch dreimal sollten meine Eltern umziehen, oder vielmehr zweieinhalbmal.

An dem Tag, an dem mein Debütroman erschien, dem 24. Februar 2005, verkündeten meine Eltern, dass sie nach Kanada auswandern würden. Meinem Vater war eine Stelle in Toronto angeboten worden, mit deutlich höherem Gehalt. Nach indischen Begriffen durchschnittlich, meinte meine Mutter.

Wie die königliche Familie reist, so reisten meine Eltern nach Toronto: in verschiedenen Flugzeugen. Der Grund dafür hatte wenig mit monarchischen Gepflogenheiten zu tun. Meine Mutter brauchte drei Monate für das Einpacken von Krempel in Kartons. Während mein Vater jenseits des Atlantiks lebte und arbeitete, bereitete meine Mutter Tag und Nacht das Verschiffen ihrer Sammlung vor. Tagsüber klapperte sie mit dem Fahrrad Rotterdamer Supermärkte ab und nahm mit, was sie an leeren Kartons bekommen konnte. Nachts wurden die Kartons gefüllt. Was für den Transport von Schokoladenstreusel, Kaffee oder Obst benutzt worden war, enthielt nun gesammelten Müll, von ausrangierten Telefonen bis zu verschlissenen Fahrradsätteln.

Mit zwei Koffern war meine Mutter von Indien in die Niederlande ausgewandert; als sie nach Kanada zog, reichten zwei Container nicht aus. Die ganze Aktion war eine logistische Herausforderung und glich mehr dem Organisieren des Nachschubs für eine Armee.

Mein Vater empfing meine Mutter in ihrem neuen, aber nur vorläufigen Zuhause, einer Wohnung in einem Stadtviertel, in dem man hauptsächlich Männern in schwarzen Lederhosen begegnete. Mein Vater hatte nicht selbst ein Haus oder eine Wohnung kaufen dürfen. Nach Ansicht meiner Mutter war er dazu nicht fähig. Deshalb hatte er sich mit einer Mietwohnung begnügt. »Zwischen lauter Schwulen!«, rief meine Mutter.

»Sie ist billig«, erwiderte mein Vater, der inzwischen selbst glaubte, er wäre bettelarm. Für ihn war es am einfachsten, ihre Version seiner Lebensgeschichte zu akzeptieren: Seine Frau hatte aus Indien Juwelen mitgebracht, mit denen sie ein Haus und noch ein Haus und noch ein Haus erwarb. Er verdiente so viel wie ein Schneider in Bhopal … Wenn er sich daran hielt, herrschten Ruhe und Frieden, so dass er wie jeder andere Mann auf dem Sofa Zeitung lesen konnte, ohne mit einem Nudelholz bedroht zu werden.

Meine Mutter fand schnell eine neue Wohnung in der Bloor Street, im exklusiven Rosedale-Apartment-Komplex (mit Schwimmbad, Fitnessstudio und Bibliothek). Beim Umzug bildeten sich lange Schlangen vor den vier Aufzügen, mit denen den ganzen Tag Kartons zum 23. Stock hinaufgeschafft wurden. »Wollen Sie einen Supermarkt eröffnen?«, fragte eine ältere Dame meine Mutter. Der Concierge war weniger naiv und erkannte deshalb sofort, welche Art Frau meine Mutter war. Eine, vor der man sich in Sicherheit bringen musste.

George war ein kleiner, ältlicher Mann mit Hornbrille und saß am Empfang der Apartment-Anlage. Seine Arbeit bestand darin, Bewohner zu begrüßen (»*Good morning, Miss Henderson!*« »*Have a nice day, Mister Glennon!*«) und hin und wieder einen Anruf entgegenzunehmen. Es war die ideale Stelle für George. Er konnte den ganzen Tag auf seinem Stuhl sitzen; so verging die Zeit, so plätscherten seine Tage in Richtung Ruhestand. Bis meine Mutter in sein Leben trat. Wie alle Bewohner von Rosedale bezahlte sie »Servicegebühren«, aber nur sie zog daraus den Schluss, dass George ein *servant* sei, wie es sie in indischen Oberschicht-Haushalten gibt. Eine Art Edelsklave also.

»*Georrrge*«, pflegte meine Mutter in gebieterischem Ton zu sagen, »*can you pick up those banana boxes and bring them to my apartment?*« Oder: »*My flowers are dying, don't forget to water them today.*« Oder: »*My husband* really *needs deodorant.*«

Die Folge war, dass George sich versteckte, sobald die Stimme meiner Mutter durch die marmorne Eingangshalle schallte. Es gab noch andere Concierges, doch die fragte meine Mutter höchstens: »*Do you know where George is?*« Sie behaupteten dann, er käme erst am Nachmittag oder am Abend.

Strenge Winter und lange Sommer gingen ins Land. Und dann vernahm George die vielleicht schönste Nachricht seines Lebens: dass meine Eltern umziehen würden. Er hockte unter der Empfangstheke, als er meine Mutter zu einer Nachbarin sagen hörte: »*We're going to move.*« Sie zählte die Vorteile der neuen Eigentumswohnung auf: zwei Badezimmer, höhere Decken, ein Wintergarten. George sprang auf, und ihm kamen die Tränen, als meine Mutter hinzufügte: »*Of course we'll miss George terribly …*«

Nach drei Jahren Rosedale fand meine Mutter, es sei an der Zeit, wieder umzuziehen. Sie hatte eine noch nicht fertig ausgebaute Luxus-Eigentumswohnung ganz in der Nähe des Mount Sinai Hospital entdeckt. Von dort konnte mein Vater zu Fuß zur Arbeit gehen. Bisher fuhr er täglich zwanzig Minuten mit dem Rad, im Verkehr einer Millionenstadt. Auch bei Schnee oder fünfzehn Grad unter Null. Das Fahrrad hatte meine Mutter aus der Rosedale-Tiefgarage gestohlen. Dort standen zwei verlassene Fahrräder mit einer dicken Staubschicht auf den Sätteln, eins für meine Mutter, eins für meinen Vater. Wenn ich die Augen schließe, sehe ich ein

Schloss, das mit einer Feile geöffnet wird. Mein Vater steht Schmiere, wobei er vor sich hin murmelt; er betet zu sämtlichen indischen Göttern: »Lasst meine Frau ihren Verstand wiederfinden.« Meine Mutter feilt unbeirrbar weiter. Sie tut nichts Unrechtes, sie erbarmt sich zweier Fahrräder. Und wenn ich die Augen öffne, sehe ich diese Zeilen vor mir. Ich hoffe, dass ich nichts Unrechtes tue, ich erbarme mich meiner Eltern.

Während es George von Tag zu Tag besser ging, wählten meine Eltern bei der Immobilienfirma den Marmor für die Badezimmer aus, das Holz für die Parkettböden, die Farben für die Wände. Auch die Küche konnten sie ihren Wünschen entsprechend zusammenstellen: Arbeitsplatten aus Granit oder Edelstahl, rote oder zitronengelbe Schränke. Vier Monate später war alles fertig, und die Übergabe ihres nagelneuen Apartments im 40. Stockwerk fand statt.

Doch meine Eltern zogen nicht um. Die offizielle Begründung lautete, das Wohnzimmer sei zu klein, das neue Schwimmbad habe keine Fenster, und so gut wie alle Nachbarn seien Chinesen. Nicht, dass meine Mutter etwas gegen Chinesen im Besonderen hätte. Sie hat nur etwas gegen Menschen, die sie nicht verstehen, und deren Anzahl übersteigt deutlich die aller Chinesen auf der Welt.

Der wirkliche Grund war der, dass meine Mutter den Umzug zu teuer fand. Der Überseetransport von Rotterdam nach Toronto war vom Arbeitgeber meines Vaters bezahlt worden, den Umzug innerhalb Torontos mussten meine Eltern selbst finanzieren. Meine Mutter hatte es sehr eilig, die Schlüssel des neuen Apartments wieder loszuwerden, nachdem sie sich bei mehreren Umzugsunternehmen nach den Preisen erkundigt hatte. »*Penny-wise and pound-foolish*«, sagen die Briten, ein Ausdruck, der das Verhalten meiner Mutter perfekt charakterisiert. Das Schicksal meines Vaters erscheint dadurch noch tragischer.

Meine Eltern hatten das Glück, dass ihr Apartment im Rosedale-Komplex noch nicht verkauft war. George war untröstlich. Als meine Mutter sagte: »*I have such good news. We're not going to move*«, brach er zusammen. Eine Woche musste George im Krankenhaus verbringen. Dann durfte er wieder arbeiten, doch er ist nie wieder der alte geworden.

Während George im Krankenhaus lag, suchte meine Mutter einen neuen Makler. Den Makler, der ihr Rosedale-Apartment hatte verkaufen sollen, wollte sie nämlich nicht mehr beauftragen. Indische Logik ist grundsätzlich mit keiner anderen vergleichbar.

Ein neuer Makler war schnell gefunden, ein Käufer nicht. In den Vereinigten Staaten erschienen die ersten Zeitungsberichte über Immobilienkäufer, die ihre Hypotheken nicht mehr abzahlen konnten, und meine Mutter verlangte für das neue Apartment hunderttausend Kanadische Dollar mehr als den ursprünglichen Kaufpreis. »Es ist das einzige Apartment in der Anlage, das noch zu haben ist«, lautete ihr Argument. Der Makler verschluckte sich und schaute meinen Vater an, dessen Sprechverbot aber weiterhin in Kraft war.

Es grenzte an ein Wunder, dass sich nach sieben Monaten doch ein Käufer fand. Ein Millionär aus Shanghai erwarb das Apartment für seine Tochter. Bald würde die Chinesin über das Walnuss-Parkett schreiten, das meine Eltern ausgesucht hatten, die roten Küchenschränke mit reichlich Platz für Kochgeschirr öffnen, das dort niemals auf den Herd kommen sollte, und auf den grauen Marmor des Badezimmers tröpfeln, von dem mein Vater immer geträumt hatte.

So stieg der Wert der beiden Koffer noch einmal um hunderttausend Kanadische Dollar.

Später wurde noch eine weitere Eigentumswohnung besichtigt. Jedenfalls von meiner Mutter. Mein Vater war zu dem Zeitpunkt gerade aus beruflichen Gründen in Europa und besuchte mich in Italien. Zum ersten Mal hielt er seinen Enkel in den Armen. Und der Enkel kotzte zum ersten Mal auf das Hemd seines Großvaters. »Das liegt am Leichengeruch«, erklärte meine Mutter am Telefon. Mein Vater flüsterte seinem Enkel ins Ohr: »Heirate niemals eine Inderin, und du wirst lange und glücklich leben.«

Mein Sohn, anderthalb Monate alt, Hände wie Seesterne, schaute mit großen Augen ins Leere. Er wusste von nichts, und alles, was er hörte und sah, würde er wieder vergessen. Irgendwann würde ich ihm von seiner Oma erzählen, die darauf verzichtete, ihr erstes Enkelkind zu bewundern, weil ihr das Flugticket zu teuer war, aber mit einem Makler ein Penthouse besichtigte. »Sie hat wieder etwas Neues im Auge«, sagte mein Vater beim Essen. Seine Arme waren entspannt, trotzdem hantierte er unbeholfen mit dem Besteck. »Es soll drei Millionen Dollar kosten.«

Ich schloss die Augen und sah meine Mutter. Sie steigt vor einer Apartment-Anlage von dem gestohlenen Rad und lehnt es an die Wand. Dann bückt sie sich, um das Gummiband abzunehmen, das ihr rechtes Hosenbein von der Kette fernhält. In der glänzenden Eingangshalle wartet der Makler. Sie steckt das Gummiband schnell in die Jackentasche und gibt ihm die Hand. Kurz darauf stehen sie im Fahrstuhl und rauschen aufwärts. Der Makler öffnet die Tür des Penthouse, dahinter ist unendlich viel Platz. Meine Mutter tritt ein. Und auf dem Höhepunkt der Immobilienblase und der Kreditkrise besichtigt sie die Badezimmer, die Schlafzimmer, die Designerküche, das Wohnzimmer mit Aussicht auf den Ontariosee.

Niemand hat jemals den Inhalt der beiden Koffer gesehen, die Juwelen, die Armbänder, die Halsketten und Ohrringe.

»Eine Pracht«, sagt meine Mutter.

# DER LETZTE MUND

Zweimal war meine Mutter auf der Titelseite einer Zeitung abgebildet, und einmal beinahe. Das erste Mal im Jahr 1966, drei Jahre bevor sie in die Niederlande kam. Die *Times of India* druckte ein Foto ab, auf dem einige Pflegerinnen am Krankenbett eines großen Filmstars standen. Eine dieser Krankenpflegerinnen war meine Mutter. Besser gesagt: eine der grauen Wolken war meine Mutter. Die Überschriften hatten an Schwärze eingebüßt, das Foto an Schärfe. Geblieben war ein großer, dunkler Fleck (der Filmstar) und zahllose graue Pünktchen (sechs oder sieben bildschöne indische Krankenschwestern). Diese Ausgabe der *Times of India* wurde im Bankschließfach meiner Mutter aufbewahrt.

Ganz selten holte meine Mutter die Zeitung aus dem Schließfach, um sie Besuchern zu zeigen. Man konnte die Leute, die uns besuchten, in zwei Gruppen einteilen: diejenigen, die das Titelblatt der *Times of India* nicht zu sehen bekamen, und diejenigen, die es andächtig wie ein Kultbild betrachten mussten. Oft zeigte ein Besucher auf die falschen Pünktchen, doch meine Mutter korrigierte den Fehler nie. Dafür war sie zu stolz.

Ich wusste, welche Ansammlung von Pünktchen meine Mutter war. Im Raum mit den Schließfächern hatte sie mir einmal ins Ohr geflüstert: »Siehst du diese grauen Tüpfelchen, die immer heller werden? Das bin ich. Ich halte die Hand von Prithviraj Kapoor.« Meine Mutter war die Ansammlung von Pünktchen unmittelbar am Bett des Filmstars.

Die andere Titelseite, auf der meine Mutter abgebildet war, durfte niemand zu Gesicht bekommen. Ich selbst habe die Zeitung nur an dem Tag gesehen, als sie bei uns abends durch den Briefschlitz fiel, Donnerstag, den 12. Dezember 1996. In meiner Erinnerung war es ein kalter, weißer Tag, der Wind scharf wie eine Sense. Auf dem Kralingse Plas waren viele Eisläufer unterwegs. Ich hatte mir die Holzschlittschuhe eines Nachbarn ausgeliehen und stellte mir vor, ich wäre Bart Veldkamp, der Olympiasieger. Vom Ufer aus schaute mir meine Mutter zusammen mit meinem ältesten Bruder zu. Mein ältester Bruder kann nicht eislaufen, weil er auch nicht lesen, schreiben, rechnen oder die Uhrzeit ablesen kann. Er kann aber gut niesen, jedenfalls, wenn er einen Niesanfall hat.

Am 12. Dezember 1996 hatte mein ältester Bruder einen Niesanfall. Alle paar Sekunden schien seine Nase zu explodieren, und einmal pro Minute schallte das Signal eines Schiffshorns über den Kralingse Plas: Mein Bruder schnäuzte sich in seinen Jackenärmel.

Einmal bekam er in einem Restaurant einen Niesanfall,

als das Hauptgericht serviert wurde. Tacos mit braunen Bohnen und saurer Sahne. Wenn unsere Familie einmal auswärts aß, gingen wir immer zum Mexikaner Popocatépetl im Alten Hafen. Bevor wir aufbrachen, musste jeder von uns einen halben Liter Leitungswasser trinken, denn im Popocatépetl durften wir nichts zu trinken bestellen. Meine Mutter fand die Getränkepreise in Restaurants exorbitant hoch. Für den Preis von einem Gläschen Cola im Restaurant bekam man im Supermarkt zwei Anderthalb-Liter-Flaschen Cola, im Sonderangebot manchmal sogar drei. Wenn der Kellner an unseren Tisch kam und fragte, ob er uns schon etwas zu trinken bringen dürfe, mussten wir im Chor »Nein, danke« sagen. Auch mein Vater. Das Essen fand meine Mutter ebenfalls teuer, aber ums Essen kam man in einem Restaurant nun mal nicht herum.

Im Popocatépetl, dem Restaurant meiner Jugend, wurde mein ältester Bruder von einem furchtbaren Niesanfall heimgesucht. Kaum hatte uns der Kellner guten Appetit gewünscht, flog der Rotz durch die Gegend und landete auf den Tacos.

»Das schmeckt man nicht durch«, sagte meine Mutter und aß seelenruhig weiter.

Mein ältester Bruder biss auch etwas von einem Taco ab, nieste es aber gleich wieder aus.

Mein Vater verlor die Geduld. »Hör auf!«, rief er wütend. »Hör auf!«

»Das mache nicht ich«, sagte mein Bruder, der nicht

lesen, schreiben, rechnen oder die Uhr ablesen kann, »das macht das selbst.« Und er zeigte auf seinen Körper.

Meine Mutter hatte den Fotografen kommen sehen. Er hatte die beiden umkreist wie ein Raubtier die Beute. »Eine braune Frau«, sagte meine Mutter, wobei sie mit der Abendzeitung wedelte. »Er wollte eine braune Frau im Schnee fotografieren!«

»Vincent Mentzel«, bemerkte mein Vater stolz. »Kein Geringerer als Vincent Mentzel hat dich fotografiert!«

»Wer?«

»Vincent Mentzel. Er hat sogar die Königin fotografiert.«

»Wenn ich diesen Vincent Mentzel erwische«, rief meine Mutter, »verpasse ich ihm eins mit dem Nudelholz.«

Das Problem bestand darin, dass meine Mutter nicht für ein Foto gekleidet war; die Sachen, die sie trug, waren mehr als fadenscheinig. Meine Mutter ist eine kleine Inderin von großer Sparsamkeit. Der israelische Schriftsteller Meir Shalev schreibt in seinen Erinnerungen: »Mit dem Duschwasser wurde die Wäsche gewaschen, mit dem Waschwasser der Boden gewischt und mit dem Wischwasser der Garten gewässert.« Die Sachen, die meine Mutter am 12. Dezember 1996 anhatte, waren zuerst von meinem ältesten, danach von meinem mittleren Bruder getragen worden und zu guter Letzt von mir auf Spielplätzen und in Baugruben verschlissen. Auf der

Titelseite des *NRC Handelsblad* prangte meine Mutter in Lumpen, die man eher an einer Pennerin erwartet hätte. Und neben ihr auf dem Foto mein ältester Bruder: Rotz am Kinn, Rotz an der Jacke und Rotz an den Fäustlingen.

»Wie soll ich mich noch aus dem Haus wagen?«, fragte sie. Wir wohnten schließlich in der Tiberiaslaan in Kralingen, jeder dort las *NRC Handelsblad*. Jeder hatte das Foto meiner Mutter gesehen. Die braune Frau in Lumpen. Die Frau, die sie nicht sein wollte und doch hin und wieder war, weil die Macht der Vergangenheit nun einmal überwältigend ist. Armut, Krieg und neun ältere Geschwister haben mehr als nur einen Kratzer im Charakter meiner Mutter hinterlassen.

»Ich war der letzte Mund«, erzählte sie mir irgendwann und fügte flüsternd hinzu, Moslems hätten die Heimat ihrer Familie erobert. Meine Mutter wurde in einer schweren Zeit als zehntes Kind geboren. Als sie drei Wochen alt war, musste die ganze Familie flüchten. Die Mutter meiner Mutter war so verängstigt, dass ihre Brüste keine Milch mehr produzierten. Der letzte Mund suchte Nahrung, fand aber nichts. Keinen Tropfen. Das Leben meiner neugeborenen Mutter wurde von einer Ziege gerettet. Ihre älteste Schwester sorgte dafür, dass sie mehrmals am Tag gierig am Euter dieser Ziege saugen konnte. *Pucha*, so lautete der Kosename meiner Mutter, so wurde sie von ihren neun älteren Geschwistern genannt. *Pucha*, nach dem Geräusch ihres saugenden Mundes an den Zitzen der Ziege. *Puchapuchapucha*. Eine Geschichte, die mich verfolgt, die auch mir sagt, wo ich herkomme.

Jahre später wurde ich selbst von Vincent Mentzel für die Zeitschrift des Theaterfestivals De Parade fotografiert. Den ganzen Sommer sollte ich im Rahmen des literarischen Programms aus eigenen Werken vorlesen: Rotterdam, Den Haag, Utrecht, Amsterdam. Während die Kamera immer wieder blitzte und klickte, erschien allmählich ein Lächeln um meine Lippen.

»Wunderbar«, sagte Mentzel. »Schön, sehr natürlich.«

Ich dachte an meine Mutter, die mit dem Nudelholz ausholt.

Zu erwähnen ist noch die Titelseite, auf der meine Mutter beinahe abgebildet worden wäre. Es war eine etwas kleinere Zeitung, nicht das *Handelsblad*, nicht die *Times of India*, sondern *De Ster van Kralingen*, ein wöchentlich erscheinendes Anzeigenblatt in unserem Stadtteil. Außer Berichten über Hundertjährige oder vermisste rote Kater enthielt es vor allem zahlreiche Inserate örtlicher Lebensmittelhändler mit Hinweisen auf Schnäppchen und Sonderangebote. Es war das Lieblingsblättchen meiner Mutter, sie verschlang es Woche für Woche.

Auf jener berüchtigten Titelseite des *Ster van Kralingen* ist das Foto einer hellhäutigen Frau auf einem Omarad zu sehen. Am Lenker baumeln volle Einkaufsbeutel. Die Frau ist Ans de Ruiter, die letzte Kundin von Den

Toom, einem lokalen Supermarkt, der nach drei Jahrzehnten von der Handelskette Albert Heijn geschluckt worden war, dem großen Allesfresser. Die Schließung wurde mit Sonderaktionen und Dumpingpreisen gefeiert.

Das Foto ergänzte *De Ster* um ein kurzes Interview mit der hellhäutigen Frau, hauptsächlich Fragen zum Inhalt der Beutel am Lenker.

*De Ster*: »Was haben Sie gekauft?«

Ans de Ruiter: »So viel wie möglich.«

Es gab auf der Welt also noch eine Frau wie meine Mutter.

»Armer Herr de Ruiter«, murmelte mein Vater.

Am Ende des Berichts wurde auch meine Mutter erwähnt. Dass sie seit über zwanzig Jahren bei Den Toom eingekauft hat, war da zu lesen, dass alle Supermarkt-Mitarbeiter von den Regalnachfüllern bis zu den Kassiererinnen sie kannten. Und dass sie gern die allerletzte Kundin gewesen wäre, eine Ehre, die nun jedoch jemand anderem zuteilgeworden war.

Ans de Ruiter.

Als diese Zeitung bei uns durch den Briefschlitz gefallen war, begann meine Mutter, auf Hindi zu schimpfen. Ich spreche nicht fließend Hindi, kann aber fließend auf Hindi schimpfen. Meine Mutter wünschte sich für uns eine glänzende Zukunft und sprach deshalb immer Niederländisch. Manchmal sogar mit dem Zungenspitzen-R, das unsere Nachbarinnen rollen ließen. Doch in gewissen Augenblicken, wenn die sozialen Hemmungen plötzlich wegfielen, brach aus meiner Mutter eine Sturzflut indischer Schimpfwörter hervor. Vielleicht waren meine Brüder und ich die einzigen Kinder auf der Welt, die zehn indische Schimpfwörter für einen unehelichen Sohn kannten, aber nicht auf Hindi nach der Toilette fragen konnten.

Die glänzende Zukunft ist jetzt. Meine Kleidung ist nicht mehr abgetragen, mein Mund wird immer gefüllt sein. Und doch scheint es, als wäre diese Zukunft nicht genug und als würde sie niemals genug sein. Ich bin nicht das geworden, was meine Mutter sich erhofft hat. Der Arzt, der Anwalt, der Aufsichtsratsvorsitzende, den sie in allen Gesprächen mit Nachbarinnen voller Stolz erwähnen könnte.

Manchmal, wenn ihr beim Grübeln die Tränen über die Wangen kullern, murmelt meine Mutter: »Mein ältester Sohn ist geistig behindert, mein jüngster Sohn ist Schriftsteller.«

Die Titelseite des *Ster van Kralingen* wurde noch am selben Nachmittag über dem Gasherd verbrannt. Ich hörte meine Mutter eine indische Formel rezitieren. Den Rest der Zeitung hob sie auf, um ihn später sorgfältig nach Schnäppchen zu durchforsten.

»Sie hat sich versteckt«, erklärte meine Mutter, nachdem sie die Asche in den Nachbargarten gestreut hatte. »Sie hat gewartet, bis ich mit meinem Einkaufswagen an der Kasse war, bis ich alle meine Sachen aufs Band gelegt hatte, sogar bis ich den Kassenbon bekam.«

Ans de Ruiter, Grundschullehrerin, wie *De Ster* meldete, war für meine Mutter eine Falschspielerin. Eine, die zu Unrecht die letzte Kundin von Den Toom geworden war. Niemand anders als meine Mutter hätte das sein sollen. Und niemand anders als sie hätte auf der Titelseite des *Ster van Kralingen* abgebildet sein sollen. Am letzten Öffnungstag hatte sie stündlich bei Den Toom eingekauft. Jedes Mal fuhr sie voller Vorfreude mit dem Rad zum Supermarkt, und jedes Mal war bei ihrer Rückkehr der Lenker mit Einkaufsbeuteln vollgehängt. Zu Hause quollen die Schränke von Lebensmitteln und Haushaltswaren über. In aller Eile begann mein Vater, einen neuen Vorratsschrank zu bauen, doch mit der Kaufwut meiner Mutter konnte er nicht Schritt halten. Nichts kann mit der Kaufwut meiner Mutter Schritt halten. Wenn irgendwo irgendetwas im Angebot ist, kann sie nicht widerstehen. Es ist ein Drang, stärker als sie selbst, eine Sucht, die unverzügliche Befriedigung verlangt. Einmal brachte sie Katzenfutter mit, obwohl weder Katze noch Kater bei uns lebten. Meine Mutter sprach nur die geflügelten Worte: »Es war ein Sonderangebot.«

Am letzten Öffnungstag von Den Toom war praktisch der gesamte Lagerbestand im Angebot. Hätte Pakistan einen Atomkrieg angefangen, hätten wir Monate, wenn nicht Jahre von unserem Vorrat zehren können.

Als meine Mutter an jenem Tag zum x-ten Mal zu Den Toom radelte, musste ich sie begleiten. Sie habe ein Auge auf etwas geworfen, das sie nicht allein transportieren könne. Ich befürchtete das Schlimmste, wusste aber, dass ich nicht Nein sagen konnte. Sonderangebotssüchtige akzeptieren kein Nein – meine Mutter zumindest nicht. Ein Nein verursacht einen Kurzschluss in ihrem Gehirn, nicht ohne schmerzhafte Folgen für den anderen.

Mein Vater wollte die Ladung Katzenfutter nicht. »Wir haben doch ein Meerschweinchen!«, rief er. Das interessierte meine Mutter nicht. Ihrer Ansicht nach mochten auch Meerschweinchen Thunfisch und Kaninchen. Doch Raj, nach dem Bollywood-Star, den meine Mutter gepflegt hatte, hielt sich von dem Kaninchenmansch in seinem Käfig fern. Er lehnte es ab, das neue Futter zu sich zu nehmen. Es brachte ihm eine Standpauke zum Thema Krieg und neun ältere Geschwister ein, und schlimmer noch: eine Ration von einem Salatblatt pro Woche.

Schließlich haben wir die Dosen mit Katzenfutter an Verwandte, Freunde und Bekannte verschenkt. Bei jedem Geburtstag, zu dem wir eingeladen wurden, brachten wir eine Dose mit. Immerhin, das soll nicht unerwähnt bleiben, in fröhliches Geschenkpapier eingewickelt. Die Reaktionen waren unterschiedlich, sie reichten von Überraschung bis zu Empörung, von Sprachlosigkeit bis zu tiefer, abgrundtiefer Enttäuschung. Die Folge war, dass wir immer seltener zu Geburtstagen eingeladen wurden.

Im Supermarkt zeigte meine Mutter auf eine Palette Penny-Waffeln. Um mich zu beruhigen, sagte sie: »Wir können sie in Taschen und Kartons füllen.« Es beruhigte mich keineswegs. Ich wollte weglaufen, wegrennen, so schnell meine Beine konnten. Doch meine Mutter befahl: »Beeil dich, sonst kommen uns andere Leute zuvor.«

Welche anderen Leute, wollte ich fragen. Welche anderen Leute wollten eine Palette Schoko-Waffeln kaufen, nur weil sie im Angebot waren? Meiner Ansicht nach gab es solche Menschen nicht, oder sie waren sicher weggesperrt.

Meine Mutter fing an, die Waffel-Packungen in ihren Einkaufswagen umzuladen. Ich folgte ihrem Beispiel, um eine Szene zu vermeiden. Die anderen Kunden starrten uns schon an. Es war erstaunlich, dass meine Mutter in solchen Momenten keine Scham empfand. Vincent Mentzel hätte, ohne um sein Leben fürchten zu müssen, einen ganzen Film verknipsen können. Es ist ihre Vergangenheit, dachte ich, die übermächtige Erinnerung an magere Jahre, an Armut, Krieg, zehn Münder. Das machte nicht meine Mutter, das machte das selbst. Etwas Elementares in ihr, das nicht aufzuhalten war, eine Naturgewalt wie ein ausbrechender Geysir.

So schoben wir zwei randvoll mit Penny-Waffeln beladene Einkaufswagen zur Kasse. Die Kassiererin kannte meine Mutter und wunderte sich nicht. »Guten Tag, Frau van der Kwast«, sagte sie freundlich lächelnd, »Sie wieder mal?«

Sie scannte die Waffel-Packungen nacheinander ein. Als sie damit fertig war, erschien auf dem Display der Gesamtbetrag. Dieser Betrag wurde mit einem Tastendruck halbiert. Meine Mutter seufzte erleichtert auf.

Am selben Abend wurde Rajs Käfig geöffnet. Die Hand meiner Mutter zwängte sich hinein und legte einen Stapel Penny-Waffeln ab. Diesmal erübrigte sich jede Standpauke. Raj knabberte an den Schoko-Waffeln, als hinge sein Leben davon ab, und vielleicht war das auch so. Die Wochendiät von einem Salatblatt hatte ihm nicht gutgetan.

Den Toom hatte da bereits für immer die Türen geschlossen. Der Fotograf des *Ster van Kralingen* hatte Ans de Ruiter fotografiert, der Reporter hatte meiner Mutter versprochen, im Bericht auch ihren Namen zu nennen und außerdem zu erwähnen, dass sie schon seit zwanzig Jahren bei Den Toom eingekauft habe, dass jeder dort sie kenne und dass sie gern die letzte Kundin gewesen wäre.

Leider können wir nicht immer diejenigen sein, die wir sein wollen. Viel öfter sind wir der andere, der Schatten, der Unsichtbare, die Enttäuschung aller Hoffnungen. Und wenn wir doch einmal diesem Schicksal entgehen, verkümmern wir allmählich zu Ansammlungen grauer Pünktchen, die niemand mehr erkennt.

## GESCHENK GOTTES

Bevor meine Mutter meinen Vater kennen lernte, bevor sie das Flugzeug in Richtung Niederlande bestieg, bevor sie zwei große Koffer mit Armbändern, Halsketten und Ohrhängern füllte, hatte sie einen Kapitän gepflegt. Er hieß Rajesh Mudgal. Er war der älteste Sohn seiner Familie und hatte dichtes, schwarzes Haar, das im Sonnenlicht schimmerte.

Der Kapitän war auf dem Arabischen Meer erkrankt, die nächste Küste anderthalb Tagesfahrten entfernt. Als er endlich an Land kam, hatte Rajesh Mudgal Beulen am ganzen Körper. Vierundzwanzig Stunden lag er in Bombay auf dem Operationstisch. Sein Leben wurde gerettet, doch zu einem hohen Preis: drei Zehen des rechten Fußes, die obersten Fingerglieder der rechten Hand, das linke Bein bis zum Knie. Nie wieder würde Rajesh Mudgal ein Schiff führen können, nie wieder zur See fahren.

Sobald der Kapitän reisefähig war, wurde er nach Hause gebracht. Ein ganzes Abteil war für ihn im Zug nach Agra reserviert. Dort wohnten seine Eltern an einem der sanften Hügel, dort war er zur Welt gekommen und aufgewachsen. Nachts im ruckelnden Zug wurde Rajesh Mudgal zum ersten Mal von Phantomschmerzen heimgesucht, und er schrie bis Sonnenaufgang.

Der Anblick seiner Heimat trieb ihm Tränen in die Augen. Er sah die Bäume, die Häuser und die Straßen seiner Jugend. Dieses Land hatte er einst gegen die See getauscht, den Staub gegen das Wasser. Seine Mutter stieß einen Schrei aus, der wie ein schwarzer Vogel über die Hügel flog. Kinder versammelten sich um die Trage und bewunderten die dunkelblaue Uniform mit den Messingknöpfen. Die prachtvolle Uniform, deren Hose man mit einer Schere bearbeitet hatte. Tagelang wurde gebetet.

Und eines Morgens ist meine Mutter dort. Zwischen den Bäumen und den Häusern und den Straßen aus Staub. Eine weiße Erscheinung in der Sonne, eine Krankenpflegerin mit einer knisternden Aura, Jugend, Schönheit, Unschuld. Sie betritt das Haus der Familie Mudgal, ein großes und helles Haus. Die Familie ist reich. Vater Mudgal ist Richter, ein Mann mit einer Stimme aus Stein, jedes Wort gewichtig wie ein Felsblock. Meine Mutter trinkt Tee mit der Mutter des Patienten. Es ist still – ein Haus des Kummers. Man kann eine Träne fallen hören. Dann wird meine Mutter zum Patienten geführt. Sie betrachtet ihn, sie sieht sein dunkles, schimmerndes Haar, den schnurgeraden Scheitel. Die Frisur eines Filmstars. Sie wechseln keine Worte, sie schweigen. Meine Mutter wäscht die Wunden des Kapitäns, erneuert die Verbände. Rajesh Mudgal ist geduldig. Er beißt die Zähne zusammen, er denkt an die See. Salziger Regen, Wogen, grau wie Elefanten.

Langsam, sehr langsam erholt sich der Patient, erlangt seine Lebenskraft zurück. Meine Mutter sieht es an seinen Augen. Fältchen in den Augenwinkeln, ein Leuchten im schwarzen See seiner Pupillen. Die Augen von Rajesh Mudgal lachen. Eines Morgens spürt sie, dass sie sich danach sehnt. Ganz plötzlich ist sie da, diese Sehnsucht, blitzschnell, warm, überall und nirgends. Nie zuvor ist meine Mutter sofort so hellwach gewesen, als würde sich das Sonnenlicht des neuen Tages geradewegs in ihren Geist ergießen. Ihr Körper ist aus Licht, ihre Fingerspitzen kribbeln.

Sie fragt sich, was Rajesh Mudgal fühlt. Sie versucht, sein Gesicht zu lesen. Sie sieht Furchen. Je länger sie hinschaut, desto mehr Falten entdeckt sie, Linien des Leids. Auf der Stirn, um den Mund, zwischen den Brauen. Mitleid ergreift von ihr Besitz. Meine Mutter nimmt seine Hand, die Hand mit fünf Stümpfen als Finger. Sie drückt sie sanft, und ihr ist, als würde sie Funken spüren. Vor Schreck lässt sie die Hand los. Plötzlich wird sie sich der Situation bewusst. Sie ist Krankenpflegerin, er entstammt einer reichen Familie. Er ist Invalide, sie eine Frau in der Blüte ihrer Jugend.

»Wir lieben nur einmal, ein einziges Mal nur sind wir ideal gerüstet für die Liebe«, schreibt Cyril Connolly in seinem literarischen Tagebuch *Das ruhelose Grab*. »Es mag uns scheinen, als wären wir zu anderen Zeiten genauso verliebt – so wie uns ein Tag im frühen September, auch wenn er sechs Stunden kürzer ist, genauso heiß vorkommen mag wie ein Tag im Juni.« Was folgt, ist ein Dolchstoß: »Und davon, wie sich diese erste wirkliche Liebe gestaltet, hängt das Muster unseres ganzen Lebens ab.«

Zwischen dem Abschied von Rajesh Mudgal und der ersten Begegnung mit Theodorus Henricus van der Kwast liegen drei Jahre. Drei Jahre, in denen meine Mutter an verschiedenen Orten lebt, andere Patienten pflegt und ihre Wunden wäscht, ihre Leidensgeschichten hört, ihnen über die Stirn streicht, aber die lachenden Augen von Rajesh Mudgal keinen Moment vergisst. Sie schreiben sich lange Briefe voll großer Worte, die immer größer werden. Wenn meine Mutter Rajesh Mudgals Worte berührt, spürt sie die Wärme in ihrem Körper, die Wärme, die überall und nirgends ist.

»Es ist besser so«, hatte sie sich gesagt, als sie von dem Kapitän Abschied nahm. Doch sie hatte geweint. Und in dem stillen Haus hörte man ihre Tränen wie einen Wasserfall in den Bergen. Der Kapitän hatte sich aus dem Bett gewuchtet und über den Boden zu meiner Mutter geschleppt. Nicht auf See, nicht im Angesicht des Todes, nicht beim Aufwachen ohne den linken Unterschenkel hatte der Kapitän geweint. Jetzt strömten ihm die Tränen über die Wangen und tropften auf die weißen Fliesen des großen, hellen Hauses.

Die Stimme des Richters meißelte sich meiner Mutter ins Gedächtnis: »Verschwinde und komm nie wieder!«

Und sie ging; sie ging, ohne sich noch einmal umzublicken, sie ging, die Augen auf den Staub der Straßen geheftet.

Als mein Vater sich in meine Mutter verliebt, ist das Muster zum größten Teil fertig gewebt, aus dunklem Garn, Trauerkleidung. Sie begegnen sich in der Bibliothek der Erasmus-Universität in Rotterdam. Mein Vater arbeitet dort als studentische Hilfskraft, meine Mutter versucht, sich die sperrige niederländische Sprache anzueignen. Sie hat zwei Koffer gepackt, sie ist ins Flugzeug gestiegen und in Schiphol angekommen. Über eine ihrer Schwestern, die in Den Haag lebt, findet sie eine Stelle als Krankenpflegerin in Rotterdam. Sie wollte Auslandserfahrung sammeln, doch schon nach einem halben Jahr will sie wieder zurück. Die Worte in den Briefen des Kapitäns sind so groß, dass meine Mutter ihnen erliegt. Dann bekommt sie die Gelegenheit, sich zur OP-Schwester weiterzubilden. Das Krankenhaus will die Kosten übernehmen, stellt ihr eine feste Anstellung in Aussicht. Sie schreibt dem Kapitän, dass sie noch ein Jahr bleibt und dann mit genug Geld für ein eigenes Haus zurückkehrt – und dass sie ewig für ihn sorgen wird. Größere Worte gibt es in einem Menschenleben nicht.

Es ist der letzte Brief.

Folgendes geschieht: Mein Vater macht meiner Mutter in der Bibliothek einen Heiratsantrag. Sie sagt sofort Nein. Doch mein Vater begreift nicht. Er versteht das Wort Nein nicht. Die Bedeutung dieses Wortes ist ihm plötzlich völlig unbekannt. Meine Mutter wiederholt das Wort.

»Nein«, sagt sie. »Nein, nein, nein.«

Es verfehlt seine Wirkung auf meinen Vater. Er bleibt auf den Knien und wartet auf das Wort, auf das wir alle irgendwann in unserem Leben warten.

An den folgenden Tagen sagt meine Mutter unzählige Male Nein, jedenfalls der Überlieferung zufolge, ihrer Überlieferung: »Ich habe so oft Nein gesagt, dass ganz Indien zu essen gehabt hätte, wenn jedes Nein ein Reiskorn gewesen wäre.«

Dann kommen die Tränen. Die Tränen, die meine Mutter erweichen, die Tränen, denen ich meine Existenz verdanke. »Ich hatte Mitleid«, erklärt meine Mutter, als ich sie viele Jahre nach meiner Geburt frage, warum um Himmels willen sie meinen Vater geheiratet hat. »Und ich konnte nicht noch mehr Mitleid mit mir herumtragen, nicht noch mehr Tränen.«

Sie heiraten an einem Tag im frühen September. Warm, aber so viel kürzer als die langen Tage der Sehnsucht in den Hügeln von Agra, die ewigen Sommertage. Drei Monate später ist meine Mutter schwanger. Sanft streichelt sie ihren Bauch, ihre Finger kribbeln. Und plötzlich ist ihr Körper wieder aus Licht, obwohl es der dunkelste Monat des Jahres ist. Dezember und Regen.

Es kommen weiterhin Briefe. Die Umschläge werden immer dicker, die Worte des Kapitäns immer betrübter.

Meine Mutter bringt es nicht übers Herz, ihm zu antworten.

Mein ältester Bruder wird im Krankenhaus Dijkzigt in Rotterdam geboren, am Morgen des 28. August 1977 um Viertel nach sieben. Das Geschlecht des Babys ist für meine Eltern eine große Überraschung, sie hatten fest mit einem Mädchen gerechnet. Dieses sichere Vorgefühl hatten beide. Wahrscheinlich das einzige Gefühl, das sie jemals teilten, und vielleicht deshalb irrig. Ihr erstes Kind ist ein Junge, und für diesen Jungen muss nun ein Name gefunden werden. Meine Mutter, die Haare noch nass, die Stirn noch schweißfeucht, schlägt Ashirwad vor. Aus dem Hindi übersetzt: Geschenk Gottes. Letztlich wie Theodorus. Mein Vater schlägt gar nichts vor. Vielleicht kann er noch nicht glauben, dass er einen Sohn in den Armen hält. Ein kleines Wesen mit rosa Armen, Beinen und Pimmel.

Ashirwad van der Kwast. Er ist der Erstgeborene, der älteste Sohn, der Stolz der Familie. Noch am Vormittag fährt meine Mutter mit dem Aufzug zu der kleinen Bankfiliale im Krankenhaus, in den Armen meinen Bruder. Eine schrumpelige Birne, eine wimmernde Kartoffel. Seine Augen sind geöffnet, die dunklen Augen mit diesem bläulichen Schleier, den nur die Augen von Neugeborenen haben. »Jenes schwebende, schräge, schwer fassbare Etwas in der dunkelblauen Färbung der Iris«, so beschreibt Nabokov das Babyirisblau, und er fügt hinzu, diese Iris scheine immer noch etwas von den Schatten zu enthalten, »welche sie in alten, sagenhaften Wäldern in sich aufgenommen hatte, wo es mehr Vögel als Tiger und mehr Früchte als Dornen gab und wo in einem schattigen Versteck der Geist des Menschen geboren worden war.«

Meine Mutter eröffnet bei der AMRO-Bank ein Konto für meinen Bruder und zahlt tausend Gulden ein. Meine Einbildungskraft lässt mich im Stich, wenn ich mir vorzustellen versuche, wo sie die tausend Gulden an diesem Vormittag herzaubert, wo die Geldscheine während der Entbindung gewesen sein mögen. In ihrem Haar? Unterm Bett? Meine Mutter händigt der Bankangestellten das Geld aus, ihr Krankenschwester-Erspartes, tausend Gulden, und denkt an später, wenn Ashirwad studiert und mit Mädchen ausgeht und ihnen von diesem Geld Getränke spendieren kann. Mein Bruder sieht alte, sagenhafte Wälder, Vögel, Früchte und wimmert leise. Eine idyllische Musik an einem idyllischen Tag.

Das Glück ist groß. Glück, das nur ein erstgeborenes Kind auslösen kann. Liebe, die so rein ist, dass es undenkbar erscheint, sie jemals wieder empfinden zu können. Ich denke an die Augenblicke des Lichts kurz nach der Geburt meines eigenen Sohnes, meines Erstgeborenen. Licht, so hell, dass es alles erleuchtet. Die Tage, die Jahre, bis zum Jetzt. So dass es mir möglich ist, auch das Glück von 1977 zu sehen. Das Anbrechen eines Lebens, Dämmern, Wimmern. Langsam, sanft-langsam bewegen sich die Händchen, die Finger. Langsam öffnen sich die Augen. Und sanft-träge sieht man den Geist denken, fühlen und wollen. Mein Babybruder trinkt an der Brust, schaut nach jedem glänzenden und spiegelnden Gegenstand und weint, wenn ihm alles zu viel wird: die Menschen, die Dinge, die Welt. Die Augen fallen ihm zu. Dann ziehen die Tage vorüber. Er greift nach allem, steckt sich Wäscheklammern und Bleistifte in den Mund. Seine Hände suchen und graben, seine Beine wollen stehen. Mein Vater beugt sich über ihn, hält ihn unter den Achseln, und so machen sie zusammen die ersten Schritte. Ein Krähen, ein Lächeln, das größer als der Mund sein will.

Wenn die Zeit einen nur vorwarnen würde. Knirschende Zahnräder, ein Zeiger, der sich immer langsamer bewegt. Doch die Zeit bleibt unerwartet stehen, urplötzlich, und tickt nie mehr weiter. Mein ältester Bruder bekommt einen epileptischen Anfall. Er zuckt mit Beinen und Armen, mit den Augenlidern. Er hört auf zu atmen. Es geschieht in der Nacht, in Den Haag, wo meine Mutter bei ihrer Schwester zu Besuch ist. In der Babytragetasche liegt Johan, mein mittlerer Bruder, zwei Wochen alt, Augen mit bläulichem Schleier. Neben meiner Mutter auf dem Gästebett liegt Ashirwad. Sie versucht, ihm einen Teelöffel zwischen Zähne und Zunge zu zwängen. Wenn ich an Einsamkeit denke, habe ich diese Szene voller Verzweiflung vor Augen. Meine Mutter, mein zuckender Bruder, ein Löffel, der ihm in den Mund gehebelt wird. Mein Vater ist in Rotterdam und arbeitet an seiner Dissertation, über ein Forschungsprojekt mit Mäusen, denen rote Blutkörperchen von Schafen injiziert werden.

Zwölf Stunden vorher haben meine Eltern einen Spaziergang mit dem dunkelblauen Kinderwagen gemacht, in dem Johan seufzt und schläft. Ich war nicht dabei, ich war noch nicht geboren, ich habe den Wetterbericht von Donnerstag, dem 15. März 1979, niemals nachgelesen. Und doch kann ich die Luft dieses Tages riechen: im Sonnenlicht trocknende Gehwegplatten, Wolken mit immer mehr hellblauem Himmel dazwischen. Krokusse, nasses Gras. Die Worte lassen mich einen strahlenden Frühlingstag riechen, so wie bei manchen Menschen Zahlen die Wahrnehmung von Farben auslösen.

Ashirwad ist bei der Nachbarin, die ich Jahre später Tante Ank nennen werde. Sie hat angeboten, auf ihn aufzupassen, damit meine Eltern in Ruhe mit ihrem Baby spazieren gehen können. Meine Mutter wollte nicht ohne Ashirwad aus dem Haus, lässt sich aber von meinem Vater überreden. Sie bringt Ashirwad zu den Nachbarn und gibt ihm einen Kuss auf die Stirn. Sie sagt, dass sie nicht weit weg sein werden, dass sie gleich wiederkommt. Sie wird es sich niemals verzeihen. Eine halbe Stunde später übergibt die Nachbarin meiner Mutter einen kranken Ashirwad. Sein Stuhl ist grün und stinkt fürchterlich. Er hat Fieber.

Ein schreiendes Baby, ein krankes Kleinkind, eine Dissertation, die fertig werden muss. Meine Mutter fährt zu ihrer Schwester in Den Haag. Dort, in einem kleinen Zimmer, im Dunkeln, bekommt mein ältester Bruder einen Anfall. Dort beginnen die Tränen zu strömen, die meine Mutter immer und überallhin verfolgen werden.

Ein Kind begreift bleibenden Kummer nicht. Seine Welt ist für Kummer durchlässig wie Sand für Wasser. Ich habe die Tränen meiner Mutter nie begriffen. Das Leben war schön, voller Freude und Energie. Spielen, rennen, schreien. Ich lernte, meinen Namen zu schreiben, rechnete aus, wie viel drei mal sieben ist, und nannte meinen Eltern die Uhrzeit. Aber meine Mutter sah in alldem nur, was Ashirwad nie können würde.

Erst Jahre später äußerten sich die Ärzte klar über den Zustand meines Bruders, nach zig Besuchen beim Kinderarzt und ebenso vielen Untersuchungen im Krankenhaus. Eine Hölle für Eltern. Geistig behindert, dieser Stempel wurde dem Kopf meines ältesten Bruders aufgedrückt. Der Stempel sollte Erleichterung bringen: Nun wussten meine Eltern, wie es um ihren Sohn stand, nun konnten sie ihr Leben weiterleben. Aber für meine Mutter war die Zeit eingefroren.

Je älter man wird, desto mehr Kummer kann man festhalten. Er beginnt einem anzuhaften, und man lernt, ihn immer besser zu verstehen. Dennoch habe ich den Kummer meiner Mutter erst im Alter von siebenundzwanzig verstanden, in dem Sommer, in dem ich selbst Vater werden sollte. Damals las ich *Hiob* von Joseph Roth, und die Tränen rollten mir über die Wangen.

*Roman eines einfachen Mannes* lautet der Untertitel, den Roth seinem Buch gegeben hat. Die Hauptfigur, Mendel Singer, Toralehrer in einem russischen Schtetl und Vater von vier Kindern, ist in der Tat ein schlichter, gottesfürchtiger Mann: »Hunderttausende vor ihm hatten wie er gelebt und unterrichtet.« Eine Frau wie seine Frau Deborah dagegen gibt es nur einmal. Sie ist die traurigste aller Mütter in der Literatur. Durch sie erkannte ich zum ersten Mal das Ausmaß des Kummers meiner eigenen Mutter. Deborahs jüngster Sohn hat einen Schädel, der schwer wie ein Kürbis an seinem dünnen Hals hängt, seine Beine sind gekrümmt und ohne Leben, und wie Ashirwad leidet er an epileptischen Anfällen.

Der Kummer hat das Ausmaß eines Ozeans. Unendlich, tief und dunkel. Seit Menuchims Geburt ist Nacht im Herzen Deborahs, Kummer in jeder Freude, alle Feste sind Qualen. Auch für Menuchims Mutter steht die Zeit still: »Es gab keinen Frühling mehr und keinen Sommer. Winter hießen alle Jahreszeiten. Die Sonne ging auf, aber sie wärmte nicht. Die Hoffnung allein wollte nicht sterben.«

Die Hoffnung stirbt auch für meine Mutter nicht. Die Hoffnung auf ein Wunder. Das Guthaben auf Ashirwads Sparkonto wächst von Jahr zu Jahr. Wenn sie mich zu Bett bringt, sagt meine Mutter, dass mein ältester Bruder mich später mit dem Auto überall hinfahren wird. Sie sitzt am Fußende und flüstert. Wenn ich später zu Freunden eingeladen bin oder mit ihnen ausgehe, wird

Ashirwad mir ein weißes Hemd und Taschengeld geben. Das gehört sich so in indischen Familien, dafür ist der älteste Sohn zuständig, der Stolz der Familie. Das Licht geht aus, die Schritte meiner Mutter entfernen sich. Nicht *Dornröschen*, nicht *Aschenputtel* waren die Märchen meiner Kindheit. Ashirwad würde später Arzt werden, ein Auto kaufen, eine bildschöne Prinzessin heiraten und lange und glücklich leben.

Jeden Morgen zieht meine Mutter einen Scheitel in Ashirwads Haar. Noch ist er in einer Schule für sehr lernschwache Kinder, aber wenn ihre Gebete erst einmal erhört sind, wird er wie Johan und ich die Grundschule De Watertoren besuchen. Unser Lehrer, Herr de Gier, hat ihn schon kennen gelernt. »Das ist Ashirwad«, sagte meine Mutter, »er wird bald fünf Klassen überspringen.«

Menuchims Mutter betet täglich zum jüdischen Gott, doch da ihre Gebete nicht erhört werden, wendet sie sich an ihre toten Ahnen. Sie ruft ihre Eltern um Fürsprache an, Menuchims Großvater, dessen Namen ihr kranker Sohn trägt, die Erzväter Abraham, Isaak und Jakob, die Gebeine Moses'. Meine Mutter nutzt dankbar den Götterreichtum des Hinduismus.

Zunächst richtet sie ihre Gebete an Shiva in seiner Eigenschaft als Zerstörer des Bösen. Denn für meine Mutter ist Ashirwads geistige Behinderung etwas Böses im Sinne eines bösen Geistes, der ausgetrieben werden muss. Das mag lieblos klingen, ist es aber nicht. (Meine

Mutter wird später auch für Johan und mich zu Shiva beten. Mein mittlerer Bruder heiratet eine Muslimin, ich gebe mein Studium auf und schreibe einen Roman. Auch in uns wohnt ein böser Geist, der ausgetrieben werden muss.) Es ist Routine, eine gute Gewohnheit.

Für das Beten hat meine Mutter einen eigenen Raum im Dachgeschoss, den wir als Kinder nicht allein betreten dürfen, in den wir aber manchmal auf Socken eingelassen werden. In meiner Erinnerung sehe ich meine Mutter mit einem roten, durchscheinenden Tuch auf dem Kopf, leise singend und sich wiegend. Weihrauch füllt das Dachzimmer mit rätselhaften Düften und Rauchschwaden, deren Schlängellinien ich mit dem Blick zu folgen versuche. Auch hier fließen Tränen. Aber die Tränen, die meiner Mutter im Gebetsraum über die Wangen rollen, trocknen schneller als Tränen anderswo. Sie scheinen sie zu erfrischen. Eine tröstende Dusche.

Mir teilt meine Mutter die Aufgabe zu, die Wirkung ihrer Gebete zu messen. Täglich zeige ich auf die antike Wanduhr im Wohnzimmer und frage Ashirwad nach der Uhrzeit.

»Zeit fürs Essen«, sagt er meistens.

Oder: »Zeit fürs Fernsehen.«

Bald richtet meine Mutter ihre Gebete an Durga, die Göttin mit den vielen Armen, oft auf einem Tiger reitend dargestellt. Durga, die berühmte Dämonentöterin. Doch Ashirwad bleibt Ashirwad. Auch Krishna, die Verkörperung des Höchsten, wird angerufen. Kniend, singend, weinend, sich wiegend. Viele weitere Hindugötter folgen. Zweiundfünfzig insgesamt, die Zahl, an die sich meine Mutter hält. Andere Hindus beschränken sich auf zwei oder drei, wieder andere glauben fest an die Existenz von dreißig Millionen Göttern. Meine Mutter also an bescheidene zweiundfünfzig, und als sie alle vergeblich angerufen hat, erklärt sie: »Für den Führerschein muss man nicht die Uhr lesen können.«

Die Hoffnung ist unsterblich.

Etwas verändert sich dann doch. Meine Mutter wird ruhelos, empfindlicher, und eines Tages schleicht sich das Misstrauen in ihr Leben. Eine Art Paranoia, die ständig an Macht gewinnt und für den Rest ihres Lebens bestimmend wird. Als wir zum ersten Mal damit konfrontiert werden, sitzen wir alle am Esstisch zusammen. Wir essen Spaghetti mit Tomatensoße aus einem Päckchen, und plötzlich ruft meine Mutter: »Kelly!« Niemand weiß, was ihr da eingefallen ist, wen sie meint. Mein Vater reagiert als Erster. Er schluckt die Spaghetti runter und fragt dann: »Veena, wer ist Kelly?«

Tränen stehen ihr in den Augen, links ein Meer, rechts ein Meer. Wir sind still und starren auf unsere Teller.

»Er hat das Futter von Kelly gegessen«, erklärt meine Mutter und zeigt auf Ashirwad. »Als wir Johan im Kinderwagen spazieren gefahren haben und Ashirwad bei den Nachbarn war, hat er Hundefutter gegessen.«

Kelly, der Hund der Nachbarn. Die Jack-Russell-Terrier-Hündin von Tante Ank. Der neue böse Geist.

Meine Mutter holt tief Luft. Ich sehe die Sintflut in ihren Augen. Ihre Stimme zittert, als sie weiterspricht, als sie sagt, das Hundefutter habe Ashirwads epileptischen Anfall verursacht.

Ashirwad isst als Einziger weiter. Schlürfend saugt er lange Spaghettisträhnen ein.

Dann brechen die Dämme in den Augen meiner Mutter. »Ich wollte nicht«, schreit sie. »Ich wollte nicht ohne Ashirwad spazieren gehen. Du hast mich gezwungen!« Sie zieht einen Pantoffel aus und wirft ihn nach meinem Vater, der sich gerade noch rechtzeitig duckt. Der erste von zahllosen fliegenden Gegenständen in unserem Haus während meiner Jugend. Der zweite Pantoffel trifft sein Ziel. Es folgen ein Teller, ein Glas, Scherben klirren, Tränen strömen wie Flüsse über ihr Gesicht.

Ashirwad legt seine Gabel hin und sagt: »Ich mag überhaupt kein Hundefutter.« Angewidert verzieht er das Gesicht, dann greift er wieder nach der Gabel. Er stopft sich einen großen Bissen Spaghetti mit Tomatensoße in den Mund, seine Lieblingsspeise.

»Mama, essen wir heute Abend Schlangenhappi?«, fragt er fast täglich. Spaghetti heißen für ihn Schlangenhappi, weil sie ihn an Schlangen erinnern. Recht hat er.

An den Tagen danach ist Kelly ihres Lebens nicht mehr sicher. Meine Mutter führt einen Guerillakrieg gegen den dunkelbraun gefleckten Jack Russell der Nachbarn. Sie verfolgt die Hündin mit dem Nudelholz, gibt ihr Hundekuchen, die mit scharfer Pfefferpaste bestrichen sind, und als Kelly vor unserem Haus pinkelt, wirft meine Mutter vom Dachgeschoss das Telefonbuch hinunter. So heilig die Kuh den Hindus ist, so teuflisch ist Kelly für meine Mutter.

Als Tante Anks Kinder über angesengte Stellen im Fell des Jack Russell klagen, das Ergebnis eines missglückten Versuchs meiner Mutter, Kelly zu opfern, stehen am nächsten Tag zwei Polizisten vor der Tür. Mit einer Geschichte von Funken, die aus dem Tandoori-Tonofen auf den Hund übergesprungen seien, lullt meine Mutter die Beamten ein. Wir besitzen gar keinen *Tandoor*, aber das brauchen sie ja nicht zu wissen. Gierig verzehren sie die Hähnchenkeulen, die meine Mutter ihnen vorsetzt, und nehmen noch eingepacktes *Tandoori Chicken* für ihre Frauen mit. Das *Tandoori Chicken* meiner Mutter ist unwiderstehlich und hat in den Niederlanden nichts seinesgleichen. Wie sie es ohne den traditionellen Tonofen hinbekommt, ist ein Rätsel. Aber wer es kostet, will nichts anderes mehr.

Schließlich kommt Kelly durch einen Unfall ums Leben: Sie wird vom Müllwagen überfahren. Die zerstörerische Macht des Zufalls, das Verhängnis. Meine Mutter ist davon überzeugt, dass Shiva hinter dem tödlichen Unfall steckt. Endlich hat der Zerstörer sein Werk getan.

»Wäre Kelly nicht gewesen, dann wäre Ashirwad normal. Jetzt lebt Kelly nicht mehr, also wird Ashirwad normal werden.« Das sagt meine Mutter, und das glaubt sie. Und wir wenden uns langsam von ihr ab. Mein Vater, mein mittlerer Bruder, ich. Der Einzige, der sich nicht zurückziehen kann, ist Ashirwad, der ewige Vierjährige, der an ihrem Rockzipfel hängt. Er glaubt ihr alles.

»Ashirwad, eines Tages geht es dir besser, dann kannst du selbst deine Schnürsenkel binden.«

»Eines Tages studierst du in Cambridge und wirst ein berühmter Anwalt.«

»Und wenn ich eines Tages alt bin, Ashirwad, wenn deine Mutter graue Haare hat und oft den ganzen Tag im Bett liegt, dann wirst du mich stolz machen, dann lässt du dich von deinem Chauffeur zu mir fahren, und ich werde dich auf die Stirn küssen.«

Ihr Inneres ist ein Bergwerk, dessen Schacht zu einem unerschöpflichen Vorrat an Hoffnung hinabführt. Es ist dort so dunkel, dass man nichts außer der Finsternis sieht, doch für meine Mutter ist der Aufenthalt in den unterirdischen Gewölben tröstlich. Sie irrt durch die Stollen und ist so einsam wie in jener Nacht, in der Ashirwad den epileptischen Anfall bekam. Sie ruft seinen Namen, und die dunklen Stollen antworten mit tausend Stimmen. Irgendwann wird sie ihn wiederfinden. Ihren ganzen Stolz, ihr Alles.

Die ewige Hoffnung Deborahs in *Hiob* wird durch die Worte eines Heiligen genährt. Als sich der Zustand Menuchims, der seit seinem dreizehnten Monat Grimassen schneidet und wie ein Tier stöhnt, immer weiter verschlechtert, reist die verzweifelte Mutter mit ihrem kranken Sohn in die Stadt Kluczýsk zu dem Rabbi. Sie hat sich vorgenommen, ihm in die Augen zu sehen, um sich zu überzeugen, dass in ihnen tatsächlich die mächtige Güte Gottes lebt. Doch ihre Augen sind Ozeane, sie sieht den Heiligen wie durch eine weiße Welle aus Wasser und Salz. Seine Stimme hört sie aber ganz nah, obwohl er flüstert: »Menuchim, Mendels Sohn, wird gesund werden. Seinesgleichen wird es nicht viele geben in Israel [...] Hab keine Furcht, und geh nach Haus!«

So machen meine Mutter und Deborah weiter, obwohl der Balg der Hoffnung unaufhörlich ächzt und stöhnt. Und eines Tages geschieht das erhoffte Wunder. Menuchim spricht sein erstes Wort: »Mama.«

Aus Deborahs Augen fließen die Tränen, süß und heiß.

»Mama«, sagt Menuchim noch einmal, und noch einmal, und noch tausendmal.

Ihr Sohn spricht, ihre Bitten sind nicht vergeblich gewesen: »Es bedeutete, dass Menuchim stark und groß, weise und gütig werden sollte, wie die Worte des Segens gelautet hatten.«

Weise und gütig, das klingt nach dem Profil eines Richters, eines Anwalts. Auch auf Menuchim wartet eine glanzvolle Karriere. Mein ältester Bruder kann außer »Mama« auch »Papa, warum schüttelst du immer den Kopf?« sagen, aber lesen und schreiben kann er nicht. Auch nicht, als er zwölf Jahre alt ist und meine Mutter ihm immer noch einen Scheitel zieht. Jeden Morgen besprüht sie im Garten Ashirwads dichtes, dunkles Haar mit einer Gießkanne, um anschließend mit dem Kamm diesen schnurgeraden Scheitel zu ziehen. »Oh, du bist so hübsch«, höre ich sie oft murmeln. »Später werden dich viele Frauen anbeten.«

An einem strahlenden Sommermorgen entgleitet der Kamm den Händen meiner Mutter. »Rajesh Mudgal«, sagt sie, wie sie einst Kellys Namen ausgesprochen hat, und stößt einen Schrei aus. Es ist das Schimmern von Ashirwads schwarzem Haar in der Sonne, es ist der Scheitel. Die Frisur eines Filmstars. Meine Mutter schreit den Namen des Kapitäns, und noch einmal, und noch tausendmal.

Seit jenem Tag ist Rajesh Mudgal wieder im Leben meiner Mutter gegenwärtig und Teil unser aller Leben. Wir sitzen am Tisch und essen Spaghetti mit Tomatensoße, als meine Mutter ihre Theorie darlegt. Wir essen in Ruhe weiter, mein Vater, meine Brüder, wir sind inzwischen einiges gewöhnt. Die Theorie lautet wie folgt: Ashirwads geistige Behinderung wurde durch einen Fluch des Kapitäns verursacht. Meine Mutter erzählt von Rajesh Mudgal, der wie Ashirwad der Erstgeborene, der älteste Sohn, der Stolz der Familie war. »Er hatte zwei Zehen, eine halbe rechte Hand und keinen linken Fuß. Und Augen, die lachten wie der Frühling und der Sommer.« Wenig später saust der erste Pantoffel in Richtung meines Vaters, gefolgt vom zweiten und dann einigen

Gegenständen vom Tisch. Alles sei seine Schuld, schreit meine Mutter. Hätte er ihr keinen Heiratsantrag gemacht, dann hätte sie den Kapitän geheiratet. Und hätte sie den Kapitän geheiratet, gäbe es jetzt keinen Ashirwad.

Das schreit sie, das heult sie.

Mein Vater ist wie Mendel Singer ein schlichter Mann. Er hebt die Pantoffeln auf und bringt sie meiner Mutter. Er sammelt die Glasscherben und die Essensreste ein.

Ashirwad legt kurz seine Gabel hin. »Zum Glück hat Mama nicht diesen Kapitän geheiratet.« Dann isst er gierig weiter.

»Die Tage dehnten sich zu Wochen, die Wochen wuchsen sich zu Monaten aus, zwölf Monate machten ein Jahr.« Und zehn Jahre machen aus meiner Mutter eine Besessene. Besessen von Hoffnung. Sie fährt mit Ashirwad nach Tiel zur berühmten Wunderheilerin Jomanda, sie nimmt ihn mit nach Lourdes. Alles, was nach Wundern riecht, wird ausprobiert. Die beiden besuchen spirituelle Magier, Paragnosten, Medien und einen paranormal begabten Fakir in Crooswijk. Ashirwad ist inzwischen zweiundzwanzig. Er mag keinen körperlichen Kontakt und leidet an Wutanfällen. Als der Fakir ihm eine Nadel durch die Wange stechen will, bezahlt er den Versuch mit einem blauen Auge. Aber auch Nachbarinnen, Briefträger und Busfahrer sind nicht mehr sicher. Manchmal muss sogar meine Mutter einen Hieb einstecken. Ashirwad ist eins sechsundneunzig groß, meine Mutter über dreißig Zentimeter kleiner. Wenn er wütend wird, kann sie nichts tun als schreien, dass er aufhören soll zu schlagen und zu treten. Und wenn er sich endlich beruhigt hat, sagt sie: »Ich hab dich so lieb, Ashirwad. Du bist mein Liebster, mein Erster, du bist mein ganzer Stolz.« Er schluchzt laut und ist verwirrt, er legt den Kopf auf ihre Schulter. Und auch sie schluchzt und ist verwirrt und lässt ihren Kopf an seinem Kopf ruhen.

Einst war sie eine weiße Erscheinung in der Sonne mit einer knisternden Aura von Jugend, Schönheit und Unschuld.

Wäre sie doch nie in die Niederlande geflogen.

Wäre sie doch nie die Frau meines Vaters geworden.

Wäre sie doch nie ohne Ashirwad spazieren gegangen.

Das sagt sie zu sich selbst. Das wird sie immer sagen. Und sie streichelt Ashirwads schwarzes Haar.

Ich bin bereits ausgezogen, und auch mein mittlerer Bruder wohnt nicht mehr bei unseren Eltern, sondern in Utrecht, wo er Physische Geographie studiert. Wir fahren nur noch an den Wochenenden nach Hause, mit schmutziger Wäsche und hungrigen Mägen.

Manchmal gibt es *Tandoori Chicken*, meistens Schlangenhappi.

Auch Ashirwad verlässt irgendwann das Elternhaus. Er zieht in eine Einrichtung für geistig Behinderte in der Corrie Hartonglaan, zehn Fahrradminuten von der

Tiberiaslaan entfernt. Es ist für alle die beste Lösung, aber meiner Mutter fällt die Trennung schwer. Täglich radelt sie in die Corrie Hartonglaan, um ihren ewigen Vierjährigen zu sehen. Sie fragt ihn, was er bei den Tagesbetreuern gemacht, wie viel er gegessen, welche Sendungen er im Fernsehen gesehen hat. Dann steigt sie aufs Rad und fährt nach Hause zurück, wo es so still ist, dass sie Angst hat, ihre eigenen Tränen fallen zu hören.

In der Corrie Hartonglaan wohnt Ashirwad mit sieben anderen Betroffenen zusammen. Ich erinnere mich an Jopie, die es liebt, mit den Händen in einer Schüssel voller Mais zu rühren; an Rik, der ganz verrückt nach Michael Jackson ist; und an Arno, immer in Klamotten seines Lieblingsfußballvereins: Feyenoord-T-Shirt, Feyenoord-Hose und Feyenoord-Schal (auch im Sommer). Einer von ihnen erklärt Ashirwad, was das Wort »behindert« eigentlich bedeutet. Mein Bruder ist aber nicht damit einverstanden, das heißt, er findet, dass es nicht zu ihm passt. Bei einem der Besuche meiner Mutter sagt er: »Ich bin nicht behindert. Ich bin Ashirwad.«

Meine Mutter nickt und sagt: »Du bist ein Geschenk, ein Geschenk Gottes.«

Wie zahlreiche andere Juden emigriert die Familie Singer in die Vereinigten Staaten, wo sie eine bessere Zukunft zu finden hofft. Menuchim bleibt zurück, obwohl Deborah noch die mahnenden Worte des Rabbis von

Kluczýsk hört: »Verlass ihn nicht, bleibe bei ihm, als wenn er ein gesundes Kind wäre!«

Die Hoffnung, die unerschöpfliche, die unsterbliche, ist schließlich doch vergangen und verweht. Das verheißene Wunder, auf das Menuchims Mutter lange Jahre gewartet hat, »Tag und Nacht, Stunde um Stunde«, ist ausgeblieben.

Meine Eltern emigrieren nach Kanada, und auch Ashirwad bleibt zurück. Mein Vater geht zuerst fort, Monate später folgt meine Mutter, mit all ihrem Hab und Gut außer ihren Kindern. Am Tag ihrer Abreise hielt ich mich im Ausland auf, habe mich also nicht von meiner Mutter verabschieden können und weiß nicht, wie ihr Abschied von Ashirwad gewesen ist. Ich weiß nur, wie schmerzvoll jener andere Abschied war: »Weinend steigt sie in den Wagen. Sie sieht nicht die Gesichter der Menschen, deren Hände sie drückt. Zwei große Meere voll Tränen sind ihre beiden Augen. Die Pferdehufe hört sie klappern. Sie fährt. Sie schreit auf, sie weiß nicht, dass sie schreit, es schreit aus ihr, das Herz hat einen Mund und schreit.«

Der Kummer, der durch mich hindurchsickerte wie Wasser durch Sand, der Kummer, der später an mir haften blieb wie ein nasses Herbstblatt, dieser Kummer schnürt mir jetzt die Kehle zu. Der Kummer um Kinder, die nie lesen, schreiben, rechnen und die Uhr lesen werden, die nie ausgehen werden, die allmählich verstummen, die sich die Augenbrauen und Wimpern ausrupfen, weil sie sich selbst nicht begreifen.

Ashirwad hat niemals fünf Klassen übersprungen. Er hat nie auch nur eine übersprungen.

Für Menuchim wird am Ende alles gut, was seine Mutter allerdings nicht mehr erleben darf. Deborah stirbt, bevor das große Wunder sich offenbart. Einige Monate nach ihrem Tod begegnet Mendel Singer in New York seinem verlorenen Sohn. Er erkennt ihn nicht wieder. Menuchim ist ein hübscher, gut gekleideter junger Mann. Er nennt sich Alexej Kossak und ist ein erfolgreicher Komponist und Orchesterleiter.

Gut, kein Arzt oder Anwalt.

Und nun, da zwischen uns ein Ozean liegt und wir alle unsere eigenen Wege gegangen sind, telefonieren wir über Skype. Eine rauschende Verbindung, ein pixeliges, ruckelndes Bild. Manchmal verstehe ich nicht, was meine Mutter sagt, oder es kommt zu Verzögerungen in der Übertragung, so dass wir ständig gleichzeitig sprechen. Aber es ist gratis. Und was gratis ist, ist gut. Meinen Inder, meint meine Mutter.

Als ich ihr sage, dass ich eine Geschichte über Ashirwad schreibe, nickt sie auf der anderen Seite. Es ist früher Morgen in Toronto, es ist dunkel. Meine Mutter spart Energie, indem sie auf das Einschalten von Lampen verzichtet. Nur das Licht des Bildschirms beleuchtet ihr Gesicht. Eine weiße Fläche auf einem dunklen Antlitz mit tiefen Furchen.

»Ist in Ordnung«, sagt sie. Und nach einer ganzen Weile, die bei ihr vielleicht viel kürzer war: »Du darfst alles erfinden, alles verdrehen, alles verändern. Alles. Du darfst nur nicht schreiben, dass ich die Hoffnung aufgegeben hätte.«

Das Bild auf dem Monitor erstarrt. Meine Mutter ist ein Standbild. In den Lautsprechern rauscht ein Wasserfall.

Ich weiß nicht, ob sie mich sehen kann, ob sie mich hört.

Ich verspreche es.

# GRATIS IST GUT

Die Reise begann in Rotterdam, am Oudedijk, Haltestelle Mecklenburglaan. Ashirwad blickte ununterbrochen nach links, er wartete darauf, dass in der Ferne das Gelb einer Straßenbahn der Linie sieben sichtbar werden würde. Um seinen Hals hing ein Brustbeutel. Er enthielt keine Geldscheine, keine Münzen für eine Portion Fritten oder für ein Eis. Der Brustbeutel war leer bis auf einen Gegenstand: Einen Schwerbehindertenausweis mit Ashirwads Namen, seinem Geburtsdatum, seinem Foto und dem Vermerk »Berechtigt zur unentgeltlichen Mitnahme einer Begleitperson«.

Mit diesem Ausweis konnte also Ashirwads Begleiter in öffentlichen Verkehrsmitteln kostenlos mitfahren. In Straßenbahn, Bus, Zug, U-Bahn. Meine Mutter hatte den Ausweis bei der Stadt beantragt, und seit dem Tag, an dem er bei uns durch den Briefschlitz rutschte, gab es in unserem Leben eine Einschränkung mehr. Von jenem Tag an mussten wir Ashirwad mitnehmen, wenn wir mit einem öffentlichen Verkehrsmittel fuhren, denn dann fuhren wir gratis. Und gratis ist gut.

Manchmal (wenn Ashirwad in der Schule war oder mit

Grippe im Bett lag) genügte der Ausweis. Dann trug ich den Brustbeutel um den Hals. Wenn kontrolliert wurde, schaute ich mich entgeistert um und rief: »Ashirwad? Ashirwad, wo bist du?« Der Kontrolleur ließ mich dann sofort aussteigen, damit ich meinen Bruder suchen konnte.

Es kam auch vor, dass mein mittlerer Bruder Johan (der an nichts außer Asthma leidet) mit mir losgeschickt wurde. Bei einer Kontrolle zeigte ich den Ausweis vor, während Johan schnell eine Grimasse zog. »Er ist behindert«, erklärte ich oft noch obendrein, worauf der Kontrolleur verständnisvoll nickte.

»Neun«, rief Ashirwad. »Linie neun.« Links in der Ferne erschien ein gelbes Ungetüm. Meine Mutter starrte der näher kommenden Straßenbahn entgegen, aber ihre Augen waren nicht gut genug, um sieben und neun schon unterscheiden zu können. Erst als die Bahn die Haltestelle fast erreicht hatte, sage sie: »Gut, Ashirwad.« Und ließ die Griffe ihrer Koffer wieder los.

Natürlich hatte die Reise schon früher begonnen, in der Tiberiaslaan. In den Schränken meiner Mutter. Wenn meine Mutter auf Reisen ging, versuchte sie, den Inhalt der Schränke in den Koffern unterzubringen. Zumindest einen möglichst großen Teil davon. Siebzehn Koffer, als wir in die Vereinigten Staaten flogen. Vierzehn, als wir fünf Tage Urlaub im Freizeitpark Efteling machten. Von manchen Ferienreisen ist mir nur die Anzahl der Koffer im Gedächtnis geblieben.

An jenem Morgen war ein Teil des Schränke-Inhalts auf vier große Koffer verteilt worden. Sie waren vollgestopft mit Kleidung, Töpfen, Proviant in Plastikdosen und vielerlei Gegenständen, die auf einer Reise nützlich sein können. Wer unterwegs etwas kaufen muss, hat das Leben nicht verstanden, ist das Leben eigentlich nicht wert. Meint jedenfalls meine Mutter.

Koffer, immer Koffer.

Mein Vater schleppte sie zur Haltestelle am Oudedijk. Er war mittlerweile ein geübter Gepäckträger, der auch im Bahnhof von Bombay keine schlechte Figur gemacht hätte. Vielleicht war er sogar besser als durchschnittliche Gepäckträger. Gewandter, schneller.

Ashirwad zeigte dem Fahrer der Neun den Stinkefinger. Dergleichen tat er seit dem Beginn seiner Pubertät. Wenn ihm etwas nicht passte, konnte er sehr böse werden.

Als die Bahn klingelnd abfuhr, wandte sich meine Mutter zu Ashirwad. »Du darfst nicht den Mittelfinger hochhalten«, sagte sie. »Weißt du überhaupt, was das bedeutet?«

»Ich will, dass die Sieben kommt.«

»Die kommt gleich.«

»Mama«, sagte mein Bruder. »Wohin fahren wir?«

»Wir machen eine lange Reise«, antwortete meine Mutter. »Wir fahren nach Frankreich.«

»Mit der Sieben?«

»Zuerst mit der Sieben, dann mit dem Zug und danach mit dem Bus.«

»Wo schlafe ich denn heute Abend?«

»In einem Hotel.«

»Und Bärchen?« Mein Bruder besaß ein Kuscheltier, einen Plüschaffen, den er Bärchen nannte. Wenn er schlief, ruhte das Tier in seiner Achselhöhle. Seit Ashirwad in der Pubertät war, roch Bärchen nach der Umkleidekabine eines Rugbyvereins.

»Bärchen ist im Koffer«, sagte meine Mutter.

»Dann fährt er auch mit der Straßenbahn, dem Zug und dem Bus?«

Meine Mutter nickte. Ashirwad stellte keine weiteren Fragen, nicht zu der Reise, nicht zu Frankreich. Er war beruhigt. Er blickte wieder nach links und wartete darauf, dass die Linie sieben auftauchen würde. Typisch mein Bruder. In dem einen Moment konnte er jemandem an die Gurgel gehen, im nächsten machte er sich Sorgen um sein Kuscheltier.

Am Hauptbahnhof sprach meine Mutter einen Polizeibeamten an. Sie zeigte auf die vier Koffer, die neben ihr standen, danach auf Ashirwad. So wie ich auf Johan zeigte, wenn wir in der Straßenbahn oder im Bus kontrolliert wurden. Nur dass meine Mutter nicht »Er ist behindert« sagte und Ashirwad keine Grimasse zog. Der Schwerbehindertenausweis musste alles Notwendige bewirken. Meine Mutter entnahm ihn dem Brustbeutel und zeigte ihn dem Polizisten. »Wir müssen zu Gleis elf«, erklärte sie. Dort stand der Zug nach Utrecht bereit, der in drei Minuten abfahren sollte. Mein Vater hätte das spielend geschafft – vier Koffer, drei Minuten, elf Gleise –, aber er war von der Straßenbahnhaltestelle am Oudedijk ohne Trinkgeld nach Hause geschickt worden. Er konnte nicht gratis mitfahren. Und nicht gratis war nicht gut.

Jetzt sollte der Polizeibeamte die Koffer schleppen. Er las sorgfältig den Text auf dem Ausweis, verstand aber nicht gleich, was das Ganze für ihn bedeutete. Deshalb sagte meine Mutter: »Komm, Ashirwad, wir gehen schon mal.«

Der Polizist erreichte den Zug zehn Minuten nach der planmäßigen Abfahrtszeit. Meine Mutter stand in einer geöffneten Zugtür und war in eine hitzige Diskussion mit dem Zugführer verwickelt. Sie veranstaltete ein furchtbares Theater. Die Polizei sei unterwegs, rief sie, sie werde von der Polizei eskortiert. Manchmal schätze ich mich glücklich, weil ich nicht in ihrer Nähe bin.

Der Polizeibeamte schwitzte wie ein Affe, sein blaues Hemd war klatschnass, die Mütze saß schief auf seinem Kopf. Im Bahnhof von Bombay würde er nicht zurechtkommen, doch diese Szene spielte sich ja im Hauptbahnhof von Rotterdam ab, wo andere Gesetze gelten. Meine Mutter öffnete einen Koffer und begann, darin zu wühlen und zu graben. Die Koffer meiner Mutter, eine Welt für sich. Schließlich fand sie, wonach sie gesucht hatte, und zog aus der Wildnis der Dinge eine Dose Katzenfutter hervor. Kaninchenhackfleisch aus dem Angebot, eine der letzten Dosen. Der Pfiff des Zugführers übertönte das fassungslose Gestammel des Polizisten.

Die Zugfahrt verlief reibungslos, das heißt, ohne Wutanfälle meines Bruders. Er schaute aus dem Fenster, summte Songs aus dem Radio und nahm stolz den Schwerbehindertenausweis aus dem Brustbeutel, als der Schaffner kam. Während der Mann den Ausweis betrachtete, zeigte Ashirwad auf meine Mutter und sagte: »Sie ist behindert«, ein Scherz, den Johan und ich ihm beigebracht hatten.

Im Bahnhof Utrecht stand ein Neffe meiner Mutter bereit, um ihr mit dem Gepäck zu helfen. Er war der Sohn einer ihrer Schwestern und wohnte im Stadtzentrum. Am Vortag hatte meine Mutter meine Tante in Den Haag angerufen und verlangt, dass deren Sohn sie und Ashirwad vom Bahnhof abholt. Das Gespräch wurde auf Hindi geführt, das einzige Niederländische darin war die Bezeichnung Messezentrum Utrecht, die mehrmals vorkam. Dort sollten meine Mutter und mein Bruder den Bus nach Frankreich besteigen. Der Neffe lenkte seinen Wagen auf den Parkplatz des Messezentrums und hielt beim erstbesten Reisebus an, doch das war nicht der Bus, der meine Mutter und meinen Bruder nach Frankreich bringen sollte; hinter der Windschutzscheibe hing ein Schild mit der Aufschrift »Köln«. Meine Mutter befahl ihrem Neffen, sich beim Busfahrer zu erkundigen. Widerwillig befolgte er die Anweisung. Kurz darauf stieg er wieder ein und ließ den Motor an. »Wir müssen weiter nach rechts«, erklärte er. Dort stand eine Unzahl von Bussen. Es folgte eine schier endlose Suche. Der Neffe fuhr von einem Bus zum nächsten, bekam aber jedes Mal die Auskunft, dass meine Mutter und mein Bruder nicht auf der Passagierliste standen. Er gab nicht auf, er konnte nicht aufgeben. Es war Neffenpflicht, seiner Tante zu helfen, in der indischen Kultur war das selbstverständlich. Meine Mutter wurde immer wütender und gab ihm die Schuld daran, dass sie den Bus nicht fanden. Das war in der indischen Kultur nicht selbstverständlich, wohl aber für meine Mutter. Sie schimpfte ihn aus und zerrte am Lenkrad, wenn sie meinte, dass er in die falsche Richtung fuhr. Manchmal würden auch andere Menschen sich glücklich schätzen, wenn sie nicht in ihrer Nähe wären.

Schließlich wurde der richtige Bus gefunden, aber meine Mutter stand nicht auf der Passagierliste. Ashirwad schon.

»Und Bärchen?«, fragte mein Bruder den Fahrer.

»Bärchen, und wie ist der Nachname?«, fragte der Fahrer und glitt mit dem Zeigefinger über die Liste.

Oft nahmen Leute Ashirwad ernst, was an seinem insgesamt normalen Aussehen lag. Ein hübscher Junge mit geradem Scheitel. Dass er nicht rechnen und lesen konnte, sah man ihm nicht an. Sein einziger Fortschritt in all den Jahren bestand darin, dass er Linie sieben von Linie neun unterscheiden konnte.

Meine Mutter mischte sich in das Gespräch zwischen dem Fahrer und meinem Bruder ein. »Bärchen ist im Koffer«, sagte sie. »Der reist im Gepäckraum mit.«

»Menschen dürfen nicht im Gepäckraum mitreisen«, entgegnete der Fahrer.

»Bärchen ist kein Mensch«, sagte Ashirwad. »Bärchen ist ein Affe.«

Die Verwirrung war nun eigentlich vollkommen, aber meine Mutter schaffte es immer, alles noch ein bisschen zu verschlimmern. Sie nahm den Schwerbehindertenausweis aus dem Brustbeutel und reichte ihn dem Fahrer. Lächelnd verkündete sie: »Ich kann gratis mitfahren.«

Der Fahrer betrachtete den Ausweis, wie ihn zuvor bereits der Polizist und zahllose andere unschuldige Menschen betrachtet hatten: Kassiererinnen, Bademeister, Schuhverkäufer. Meine Mutter hätte eine Schwester der Mutter des flämischen Schriftstellers Dimitri Verhulst sein können. Im Roman *Die Beschissenheit der Dinge* wird über den Pinkelpass von Mutter Verhulst berichtet: »Jeder mögliche Ausweis wurde am Eingang eines Kinos oder Theaters hervorgekramt, und der Pinkelpass war ihr Trumpf, etwas, womit die Leute sich keinen Rat wussten, so dass sie ihr oft Ermäßigung gaben, nur um von ihrem Gequengel erlöst zu sein.« Auch meine Mutter setzte den Ausweis immer und überall ein. Wenn eine kostenlose Mitfahrt nicht möglich war, wollte sie einen Preisnachlass. In Museen, Schwimmbädern, Geschäften.

»Der gilt nur für öffentliche Verkehrsmittel«, erklärte der Fahrer und gab den Ausweis zurück.

Zwei nicht isolierte Drähte im Kopf meiner Mutter kamen miteinander in Berührung. Ihr Lächeln erstarb. »Das steht da nicht«, erwiderte sie und steckte den Ausweis blitzschnell in den Brustbeutel zurück. »In Indien kann man mit diesem Ausweis sogar im Flugzeug gratis mitreisen«, sagte sie stolz.

Da der Fahrer auf seinem Standpunkt beharrte, beschloss meine Mutter, ihre Taktik zu ändern. Sie setzte einen Fuß in den Bus und erklärte mit lauter Stimme: »Ich kann meinen Sohn gratis begleiten, *weil* er geistig behindert ist.« So etwas sagte sie sonst nie in Gegenwart von Ashirwad, doch der Kurzschluss in ihrem Kopf hatte alle Sicherungen durchbrennen lassen. Sie musste unbedingt gratis nach Frankreich mitfahren. Und sie wusste, dass Ashirwad nun böse werden würde, wütend, fuchsteufelswild. Er mochte es gar nicht, als behindert bezeichnet zu werden. Vor Kurzem erst hatte er in einem Geschäft mit Schuhen geschmissen, als meine Mutter dem Verkäufer erklärte, warum sie ein Anrecht auf Preisnachlass habe.

Ashirwad zeigte dem Fahrer beide Mittelfinger und brüllte: »Lesbischer Spasti!«

Spasti war das Lieblingsschimpfwort meines ältesten Bruders. An manchen Tagen waren wir zu Hause alle Spastis: meine Eltern, Johan und ich, das Meerschweinchen. Das Attribut »lesbisch« war neu. Wahrscheinlich hatte Ashirwad es von Kindern aus unserer Straße gelernt, die Nachbarin von Nummer neun war nämlich lesbisch. Die Bedeutung des Wortes war meinem Bruder unbekannt, was ihn aber nicht störte.

»Wollen Sie ihn wirklich allein mitnehmen?«, fragte meine Mutter den Fahrer und setzte nun auch den anderen Fuß in den Bus.

Wenig später wuchtete der Fahrer ächzend und klagend die vier großen Koffer in den Gepäckraum. (Der Neffe war bereits ohne Trinkgeld heimgeschickt worden.) Niemand war meiner Mutter gewachsen. In einem anderen Leben wäre sie ein Diktator gewesen, jemand, der als Despot in die Geschichtsbücher eingeht. In diesem Leben war sie nur meine indische Mutter – und die von Ashirwad.

Die Busreise verlief weniger reibungslos als die Zugfahrt. Vor, hinter und neben Ashirwad saßen weiß bemützte Leute, die Lieder sangen. Ashirwad mochte nur eine Sorte von Songs: die Hits des Popsenders Radio 538. Im Auto meines Vaters war immer dieser Sender eingestellt. Andere Sender, andere Songs waren Ashirwads Gemütsruhe nicht zuträglich und somit erst recht nicht der anderer Anwesender. Die Lieder im Bus waren fröhlich und handelten von Gott: »Weißt du, dass der Vater dich vermisst, weißt du, dass du wertvoll für ihn bist, weißt du, dass du eine Perle bist, eine Perle in Gottes Hand.«

Mein Bruder stopfte sich die Finger in die Ohren und

begann den damaligen 538-Hit zu singen: »*Fatboy Slim is fucking in heaven.*« Wer Fatboy Slim war, was *fucking* bedeutete, auch dies war meinem Bruder unbekannt. Doch die Leute ringsum nahmen ihn ernst, weil er normal aussah. Sie versuchten, ihn zu übertönen: »Klatsche in die Hände, denn der Herr ist gut, stampfe mit den Füßen, denn der Herr ist gut.« Ashirwad schob die Finger tiefer in die Gehörgänge und überbrüllte das Klatschen und Stampfen: »*Fatboy Slim is fucking in heaven, fucking in, fucking in, fucking in heaven.*«

Erst jetzt erwachte meine Mutter, die bis dahin alles verschnarcht hatte. Sie besitzt die Gabe, in fahrenden, schwimmenden und fliegenden Fortbewegungsmitteln sofort einzuschlafen. Und obwohl sie es abstreitet, schnarcht sie wie eine Kreissäge. Verwirrt und erschrocken von all dem Lärm um sie herum, fragte sie: »Was ist los?« Aber Ashirwad hatte die Finger in den Ohren und brüllte mit gleichem Stimmeinsatz weiter. Die Frau auf dem Sitz vor meiner Mutter drehte sich um und erklärte, der junge Mann neben ihr singe teuflische Lieder.

»Ashirwad«, sagte meine Mutter, »bitte nicht, bitte nicht schreien.« Sie nahm seine zitternden Hände, strich ihm über die Stirn, flüsterte ihm ins Ohr: »Du bist mein Liebster, mein Erster, du bist mein ganzer Stolz. Ich hab dich so lieb.« Als er endlich ruhig und still war, holte meine Mutter den Behindertenausweis heraus und gab ihn der Frau vor ihr.

»Könnten Sie den bitte weitergeben?«, bat sie.

So ging der Behindertenausweis von Hand zu Hand, durch den ganzen Bus, von vorn bis hinten. Die Leute lasen, betrachteten das Foto und nickten meiner Mutter verständnisvoll zu. Der Ausweis konnte also auch Frieden stiften.

In der Pinkelpause bekam Ashirwad von einem der Mitreisenden eine weiße Mütze. »Gott ist gut«, stand auf dem Schirm. »Auch gratis«, sagte meine Mutter, was aber keiner begriff.

Der Rest der Reise verlief ruhig. Niemand sang mehr, stattdessen sah man einen Film auf zwei kleinen Bildschirmen. Im Gegensatz zum Radiohören fand Ashirwad Fernsehen immer schön. Ganz egal, was gesendet wurde, ob Tierfilm, Sportreportage oder Soap, alles war interessant. Das heißt, richtig spannend wurde es erst, wenn geküsst wurde oder wenn *Baywatch* kam. Dann kicherte Ashirwad laut vor sich hin und sagte jedes Mal, wenn Brüste ins Bild kamen: »Aber hallo!« Der Film im Bus bot wenig Anlass zum Kichern. Das Leben Jesu wurde von der Krippe bis zum Kreuz nacherzählt. Meine Mutter sah nichts, sie schlief. Ashirwad weckte sie alle paar Minuten, weil ihr Schnarchen ihn störte.

»Du schnarchst so laut, ich kann den Film nicht hören«, sagte er dann.

»Tue ich nicht«, entgegnete meine Mutter. Sie wurde immer wütender, schließlich begann sie sogar auf Hindi zu schimpfen. Im Gegensatz zur Bedeutung englischer Wörter war die der indischen Verwünschungen meinem Bruder wohlbekannt. Sie gehörten buchstäblich zur Muttersprache.

Auch andere fühlten sich mehr und mehr von dem Schnarchen gestört. Als Ashirwad meine Mutter wieder einmal geweckt hatte und sie ihr Schnarchen leugnete, pflichtete ein Mitreisender meinem Bruder bei.

»Ich höre es auch«, sagte der Mann hinter ihr. »Sie schnarchen sehr laut.«

»Stimmt nicht«, antwortete meine Mutter. »Ich schnarche nicht.«

»Wie eine Kreissäge«, sagte jemand anders.

Meine Mutter schüttelte erzürnt den Kopf. Es folgte eine Kanonade von Hindi-Schimpfwörtern, über mindestens fünf Kilometer. Alle im Bus blickten sich nach ihr um, ein Meer von Gott-ist-gut-Mützen.

Eigentlich bräuchte auch meine Mutter so etwas wie einen Behindertenausweis, mit Namen, Geburtsdatum, Foto und dem Vermerk: »Rennen Sie so schnell wie möglich weg, wenn Sie glücklich leben wollen.«

Kurz vor Lourdes ging eine der Mitreisenden nach vorn, griff zum Mikrophon und hielt eine kurze Ansprache. Sie äußerte ein paar konkrete Wünsche zum Abschluss der Fahrt – Abfälle bitte in die vorgesehenen Behältnisse, Applaus für den Fahrer –, und teilte mit, welche Gruppe wo übernachten und wann das Abendessen serviert würde. Dann wurde gebetet. Ashirwad fragte meine Mutter, zu welcher Gruppe sie gehörten. »Wir gehören zusammen«, antwortete meine Mutter. Was bedeutete, dass sie nur die Busfahrt für ihn gebucht hatte und sie sich in Lourdes selbst eine Unterkunft suchen mussten.

Wenn wir mit der ganzen Familie in Ferien fuhren, taten wir das ebenfalls auf gut Glück. Oft stand zwar das Ferienziel in Frankreich, Deutschland oder Luxemburg fest, aber nie waren Hotelzimmer oder eine Ferienwohnung reserviert. Meine Mutter vertraute keinem Reisebüro, sie regelte lieber alles selbst. Ich erinnere mich an einen Aufenthalt in Baden-Baden, wo wir die ersten vier Nächte im Auto verbrachten, einem roten Lada 2000. Meiner Mutter waren alle Ferienhäuser zu teuer.

»Ich bin Professor«, sagte mein Vater, nachdem sie das hundertste Ferienhaus abgelehnt hatte. »Ich verdiene genug, um dieses Haus zu kaufen.«

»Du verdienst nicht mal genug, um eine Hundehütte zu kaufen«, erwiderte meine Mutter und ließ eigenhändig den Motor an. Wir mussten so schnell wie möglich wieder weg. Gratis war gut, teuer teuflisch.

»Für die Kinder wäre es hier wunderbar«, brachte mein Vater noch vor. Doch meine Mutter war unerbittlich. Und unmöglich. Sie rechnete die Mietpreise für die Ferienhäuser von Deutscher Mark in Gulden und von Gulden in Rupien um. Ohne Inflationsbereinigung, ohne Sinn und Verstand.

Schließlich fanden wir eine Unterkunft in einer Scheune, die von einer alten Frau vermietet wurde. Es roch darin verdächtig nach Mist.

In Lourdes konnte meine Mutter unter dreihundert Hotels wählen. Ich weiß nicht, mit wie vielen Rezeptionisten, Hotelbesitzern und Pagen meine Mutter gesprochen und wie vielen sie Ashirwads Ausweis gezeigt hat. Seit meine Mutter weiß, dass ich ein Buch über unsere Familie schreibe, beantwortet sie meine Fragen nicht mehr, und für Ashirwad ist acht genauso viel wie achtzig. Aber wenn man ihn fragt, ob er noch einmal nach Lourdes möchte, schüttelt er heftig den Kopf.

Ihre Wahl muss schließlich auf das Hotel Les Rosiers gefallen sein, denn in der Woche darauf hingen bei uns zwei gelbe Handtücher mit dem aufgestickten Namen an der Wäscheleine: elegante Buchstaben, dicker Stoff. Für meine Mutter ist der Preis eines Hotelzimmers ein Komplettpreis, das heißt, einschließlich Frühstück, Zimmerservice, Handtüchern, Bettwäsche und allem, was an den Wänden hängt. Aus einer deutschen Pension haben wir einmal ein Geweih mitgehen lassen.

Am Abend nahmen meine Mutter und Ashirwad an der Lichterprozession Teil. Tausende Menschen mit Kerzen in den Händen, zu Fuß, in Rollstühlen, in Krankenhausbetten, bildeten einen funkelnden Zug, der auf der Esplanade du Rosaire einer großen, beleuchteten Marienstatue folgte. Meiner Mutter standen Tränen in den Augen, und während der ganzen Prozession hielt sie die Hand meines Bruders. Sie betete den Rosenkranz mit, obwohl sie Hinduistin ist und weder das Ave Maria noch das Vaterunser kennt. Sie murmelte die Wörter nach, wie Ashirwad neue Songs aus dem Radio nachmurmelt. Songs, die er noch nie gehört hat, aber sehr gern mitsingen würde.

Im Hotelzimmer kroch Ashirwad zu Bärchen ins Bett. Meine Mutter deckte ihn zu und sang das indische Schlaflied, das sie früher auch für Johan und mich gesungen hat: »*Chandaa maama door ke, puye pakaayen boor ke. Aap khaayen thaali mein, munne ko den pyaali mein …*« Obwohl es nie auf Radio 538 gespielt wurde, hörte Ashirwad dieses Lied gern. Meine Mutter sang es nun schon seit zwanzig Jahren für ihn. Ein ewiges Wiegenlied.

Im anderen Bett wurde meine Mutter von Ashirwads Schnarchen wach gehalten, das womöglich sogar noch lauter als ihr eigenes war. Aber sie weckte ihn nicht. Sie starrte an die Decke des Hotelzimmers, auf die Spinnweben, die Flecken, die Risse – geschlängelte Risse, die schon zahllose andere vor ihr im Halbdunkel betrachtet hatten, während sie Gebete sprachen. Sie dachte an ihren Erstgeborenen, ihren ganzen Stolz. An die große Limousine, die er fahren wird, an die Prinzessin, die ihn küssen wird. Dann schlief sie endlich ein.

Am Morgen gab es ab acht Uhr Frühstück. Auf jedem Tisch standen ein Brotkörbchen und ein Teller mit Brotaufstrich. Meiner Mutter genügte ein flüchtiger Blick, um zu sehen, dass es pro Person nur ein Croissant, ein kleines Baguette, zwei Portionspackungen Marmelade und ein Minipäckchen Butter gab. Noch bevor sie Platz nahm, beschwerte sie sich. Die französische Dame, die eine Kaffeekanne herumtrug, entschuldigte sich mit ihrer Unkenntnis der englischen Sprache. Aber da kannte sie meine Mutter schlecht. Während Ashirwad die Baguettes samt aller Butter und Marmelade verschlang, schlich meine Mutter in die Küche. Die Kaffeedame traute ihren Augen nicht. Sie hatte in ihrem Leben schon viele Pilger gesehen, aber keinen, der Brot und Marmelade aus der Küche klaute. Wobei meine Mutter nicht das Gefühl hatte, etwas zu stehlen. Sie stahl niemals irgendetwas, sie nahm sich nur, was ihr zustand, wofür sie bezahlt hatte. Ungeniert ging sie deshalb kurz darauf ein zweites Mal zwischen Küche und Frühstücksraum hin und her. Dann schmierte sie Brote für mittags. Denn ein Hotelfrühstück, das seinen Namen verdiente, war zugleich auch ein Mittagessen.

Am 11. Februar 1858, einem Donnerstag, erscheint die Jungfrau Maria dem Mädchen Bernadette Soubirous in der Grotte von Massabielle in Lourdes. Bernadette, damals vierzehn Jahre alt, die Tochter eines armen Müllers, sammelt mit ihrer Schwester und einer Freundin Feuerholz und Knochen. Als sie den Fluss vor der Grotte durchwaten will, erblickt sie plötzlich eine Dame: »Sie trug ein weißes Gewand, einen weißen Schleier, einen blauen Gürtel und eine gelbe Rose auf jedem Fuß.« Zusammen beten sie den Rosenkranz, dann verschwindet die Heilige Jungfrau.

Es folgen siebzehn weitere Erscheinungen; bei einer davon legt Bernadette in der Grotte eine Quelle frei, deren Wasser sie zu sich nimmt. »Sie sagte, dass ich aus der Quelle trinken soll.« Weniger als eine Woche später ereignet sich das erste Wunder: Die achtunddreißigjährige Catherine Latapie aus Loubajac taucht ihren gelähmten Arm ins Quellwasser und kann sofort Arm und Hand wieder bewegen.

Die katholische Kirche erkennt die Erscheinungen 1862 an, 1873 findet die erste Wallfahrt statt. Seitdem wird Lourdes von zahllosen Pilgern aus aller Welt besucht, heute sind es etwa fünf Millionen pro Jahr. Offiziell schreibt die Kirche dem Wasser der Quelle inzwischen fast siebzig Wunderheilungen zu. Man berichtet von Blinden, die wieder sehen können, Krebskranken, deren Tumor verschwindet, psychisch Kranken, die sich plötzlich normal verhalten.

Meine Mutter besuchte die Grotte mit Ashirwad an der Hand. Obwohl es noch früh war, hatte sich schon eine lange Schlange gebildet. Zum größten Teil alte Leute, hier und da auch eine Gruppe von Jugendlichen. Etwa in der Mitte der Schlange entdeckte meine Mutter eine Ansammlung von Menschen mit weißen Mützen. Einen Moment dachte sie daran, Ashirwad seine Gott-ist-gut-Mütze aufzusetzen, um sich mit ihm bis zu der Gruppe vorzudrängen, doch dann kam ihr eine bessere Idee. Es gab nämlich eine separate, sehr viel kürzere Warteschlange für die Invaliden. Leute mit Krücken, in Rollstühlen oder in Krankenhausbetten kamen sehr schnell an die Reihe.

»Was machst du?«, fragte mein Bruder, als meine Mutter sich aus der Schlange der schlurfenden Alten entfernte.

»*Chup ho jao*«, antwortete sie, was auf Hindi »Sei still« bedeutet. Es stand aber vor allem für eine geheime Abmachung, eine Verschwörung zwischen ihr und Ashirwad. Wenn sie die drei Hindi-Wörter oder auch nur ein energisches »*Chup*« aussprach, wusste mein Bruder, dass sie etwas im Schilde führte.

Nach fünf Minuten kehrte meine Mutter mit einem Rollstuhl zurück. Sie forderte Ashirwad auf, sich hineinzusetzen, doch er schüttelte den Kopf.

»Willst du *Ticki*?« fragte sie und hob die Hand. »*Ticki*«, noch so ein Geheimwort. Ich kannte es auch; wenn man die Drohung nicht ernst nahm, hatte das schmerzhafte Folgen.

Nach ein bisschen Geseufze nahm mein Bruder im Rollstuhl Platz. Die Umstehenden beobachteten den Vorgang verblüfft. Ashirwad war sehr gut zu Fuß, körperlich fehlte ihm gar nichts. Einige Pilger schüttelten den Kopf, manche schimpften. Das Wunder ließ Gelähmte aufstehen, es beförderte Menschen nicht in den Rollstuhl. Meine Mutter ignorierte die Proteste und rollte Ashirwad nach vorn zur Grotte, bei der die Heilige Jungfrau dem Mädchen erschienen war. Mein Bruder machte keinen Mucks mehr. Vielleicht wollte er eine

Szene vermeiden, worum auch ich mich während meiner gesamten Jugend stets bemüht habe.

Natürlich entsprach es einfach dem Charakter meiner Mutter, sich immer und überall Vorteile auf Kosten anderer zu verschaffen. Doch was sie jetzt tat, tat sie auch für Ashirwad, vor allem für Ashirwad. Er hatte lange genug auf Heilung gewartet.

In der Grotte berührten Menschen die Felswand mit den Fingern oder den Lippen. Manche ließen Fotos über die Wand gleiten, ein Bild von einer kranken Großmutter, von einem Baby im Brutkasten. Wieder traten meiner Mutter Tränen in die Augen, Flutwellen, Meere von Kummer. Sie nahm den Behindertenausweis aus dem Brustbeutel und drückte ihn an den grauen Stein der Grotte. Ganz leise sprach sie ein Gebet, sie sang die Wörter, so wie sie es in ihrem Gebetsraum im Dachgeschoss tat.

Da erhob sich Ashirwad aus dem Rollstuhl. Er war neugierig geworden und wollte selbst die Felswand berühren. Plötzlich begannen Umstehende zu applaudieren, im vorderen Teil der Warteschlange breitete sich Jubel aus. Eine Japanerin fiel in Ohnmacht. Meine Mutter wurde ärgerlich und bedeutete Ashirwad, sich wieder hinzusetzen. Auf Hindi schimpfend, schob sie ihn aus der heiligen Grotte.

Der Rollstuhl wurde zu einem Inder zurückgebracht, der auf dem Boden saß. Er bekam von meiner Mutter ein Lunchpaket, bestehend aus einem Croissant und einer Portionspackung Marmelade.

Als nächstes besuchten meine Mutter und Ashirwad die siebzehn Bäder. Sie werden von der Quelle gespeist, aus der Bernadette getrunken hat. Wasser, dem Heilkraft zugeschrieben wird, Wasser, das meine Mutter von Rotterdam nach Lourdes gelockt hatte, das Pilger aus der ganzen Welt anlockt.

Ashirwad empfand das Wasser vor allem als kalt.

Vor einem der Bäder stand eine niederländische Krankenpflegerin. Sie trug ein weißes Gewand und stellte sich als Schwester Johanna vor.

»Ashirwad«, sagte mein Bruder. »Tiberiaslaan 3, 3061 BJ Rotterdam.« Seit er seine Adresse auswendig kannte, nannte er sie jedem, dem er sich vorstellte. Manchmal fügte er noch seine Leibspeise hinzu: »Schlangenhappi.« Diesmal aber nicht.

»Frau van der Kwast«, sagte meine Mutter. So meldete sie sich am Telefon, so stellte sie sich vor. In ihrem Ausweis stand Veena Ahluwalia, doch diese Namen hatten wir aus ihrem Mund noch nie gehört. Eine dunkle Geschichte, ein Geheimnis.

Schwester Johanna begleitete Pilger zu den Umkleidekabinen und half ihnen ins Wasser und wieder hinaus. Sie wollte Ashirwad an die Hand nehmen, was meine Mutter aber nicht zuließ.

»Wir gehören zusammen«, sagte sie wieder und ging mit ihm zur Umkleidekabine.

Wie wahr. Wenn es auf der Welt zwei Personen gab, die zusammengehörten, dann waren es meine Mutter und mein ältester Bruder. Die Schnarcher, zwei Menschen, die sich mit einem einzigen Wort verständigen konnten, Mutter und Sohn, immer zusammen. Jedes Kind will zum Bäcker oder zur Bank mitgehen. Ashirwad war längst kein Kind mehr, aber wenn meine Mutter das Haus verließ, fragte er immer noch: »Darf ich mit?«

Meine Mutter stieg als Erste ins Wasser. Sie tauchte unter, für zehn Sekunden. Wer stark genug an die heilende Kraft des Wassers glaubte, der genas. Wie Catherine Latapie, wie Antonia Moulin, Vittorio Micheli, Leo Schwager, Cécile Douville de Franssu. Immer noch werden der Liste neue Namen hinzugefügt. So hat man zum Beispiel auch Anna Santaniello ins Hauptbuch der Wunder eingetragen. Sie hatte die Bäder 1952 besucht und war von schwerem Gelenkrheuma geheilt worden. Gut ein halbes Jahrhundert später erkannte die Kirche das Wunder an, am 9. November 2005, und Anna Santaniello wurde der siebenundsechzigste offiziell durch das heilige Wasser von Lourdes geheilte Pilger. Gerade noch rechtzeitig, denn die hochbetagte Frau sollte nicht mehr allzu lange leben, um genau zu sein noch drei Wochen und zwei Tage.

Meine Mutter ließ sich von Schwester Johanna aus dem Bad helfen. Sie bibberte und hatte blaue Lippen. Wasser tropfte auf die Fliesen.

Dann war Ashirwad an der Reihe. Er stieg mit einem Fuß ins Wasser. Im gleichen Moment ertönte ein hoher Schrei.

»Jetzt den rechten Fuß«, sagte Schwester Johanna.

Ashirwad schüttelte den Kopf. »Kalt«, brachte er heraus.

»Man gewöhnt sich daran.«

Nun war Gekicher zu hören. Ashirwad betrachtete eine Statue an der Wand des Baderaums. Maria mit dem Jesuskind in den Armen, eine Brust entblößt. »Aber hallo!«, rief mein Bruder. »Aber hallo!«

Meine Mutter senkte den Blick. Es wurde höchste Zeit für ein Wunder.

Schwester Johanna flüsterte ein Gebet, wie sie es auch getan hatte, als meine Mutter ins Wasser stieg.

Ashirwad starrte immer noch die Statue an, als wäre sie ein Fernseher. *Baywatch* ohne Ton.

»Den anderen Fuß«, sagte meine Mutter streng.

Das Einzige, was Ashirwad bewegte, war sein Kopf. Er schüttelte ihn.

Meine Mutter hob die Hand. »Ticki? Willst du Ticki?«

Seufzen, Stöhnen, aber der rechte Fuß meines Bruders verschwand im Wasser.

»Gut«, sagte die Schwester.

Ashirwad stand wie ein zähneklapperndes Standbild im Becken. Er wusste nicht, wo er war, wie ihm geschah. Warum meine Mutter ihn erwartungsvoll anblickte, warum die Frau im weißen Gewand flüsterte. Es war ja auch unbegreiflich, selbst für jemanden, der lesen, schreiben, rechnen und die Uhr lesen konnte.

Meine Mutter faltete die Hände, nie zuvor war sie

einem Wunder so nah gewesen. Vielleicht bekam sie nun endlich ihren Sohn zurück, wie sie ihn geboren hatte, ihr Geschenk.

»Du musst dich hinlegen«, erklärte die Schwester.

»Jungejunge!« Widerwillig setzte Ashirwad sich hin, seine Knie ragten aus dem Wasser.

»Eiskalt«, sagte er. Schließlich streckte er erst das linke, dann das rechte Bein aus und verschwand ganz unter Wasser, das Gesicht, die Brust, die Knie, die Zehen.

Das letzte Wunder war aus dem Jahr 1987 überliefert, als der Franzose Jean-Pierre Bély von Multipler Sklerose geheilt wurde. Elf Jahre zuvor hatte sich die zwölfjährige Delizia Cirolli aus Italien aus ihrem Rollstuhl erhoben, den sie nie wieder brauchen sollte. »Wer stark genug glaubt, wird geheilt«, sagte die innere Stimme meiner Mutter. »Wer stark genug glaubt …«

Ruckartig stand Ashirwad auf. Seine Augen waren geschlossen, Gänsehaut bedeckte Arme und Bauch. Während das Wasser an ihm herabtropfte, schnappte er nach Luft.

Wiedergeboren, dachte meine Mutter. Er ist wiedergeboren.

Dann öffneten sich seine Augen. Das Erste, was Ashirwad sah, war das weiße Gewand Schwester Johannas. »Lesbischer Spasti!«, brüllte er, so laut er konnte. »Fieser, lesbischer Spasti!«

Die Schwester schlug schnell ein Kreuz. Meine Mutter versuchte, Ashirwad zu beruhigen, indem sie ihm ein Handtuch um die Schultern legte. Doch Ashirwad war nicht zu beruhigen.

»Lesbischer Spasti!«, schallte es erneut durch den Baderaum. Sogar an den Ohrmuscheln hatte er Gänsehaut.

Wieder schlug die Schwester ein Kreuz. Jedes Mal, wenn mein Bruder sie beschimpfte, schlug sie ein Kreuz. Noch nie hatte sie so viele Kreuze geschlagen.

Ashirwad schlotterte vor Kälte, er sann auf Rache. Mit Händen und Füßen patschte und trat er Wasser aus dem Becken. Das Gewand der Schwester wurde nass.

»*Ashirwad!*«

Mit aller Kraft, die in ihr war, schrie meine Mutter seinen Namen. Ihr Schrei war stärker als das Platschen und Schimpfen, die Wut und die Gottesfurcht. Sofort wurde es still.

Beschämt schaute Ashirwad meine Mutter an. Ihre Wangen waren feucht. Ob von Tränen oder vom heiligen Wasser, war nicht zu sehen.

Am Nachmittag fuhr der Bus nach Utrecht zurück. Es blieb noch Zeit, um ein Andenken zu kaufen oder auf einer Terrasse ein Eis zu essen. Meine Mutter hatte aber etwas anderes vor. Der Page des Hotels Les Rosiers folgte ihr mit den vier Koffern. Sie gingen zu den Wasserhähnen in der Nähe der Grotte. »Was machen wir jetzt?«, fragte Ashirwad.

»Wir nehmen Wasser für zu Hause mit«, antwortete meine Mutter.

Ashirwad nickte. Er stellte keine weiteren Fragen, er war beruhigt. Der Page ahnte nicht, was ihm bevorstand.

Die Installation eines Wasserzählers hatte eine weitere Einschränkung in unser Leben gebracht. Statt einer Pauschale wurde von da an der tatsächliche Verbrauch in Rechnung gestellt; jeder einzelne Tropfen kostete also Geld. Monatelang hatte meine Mutter dafür gesorgt, dass die Installateure des Wasserwerks unverrichteter Dinge wieder abziehen mussten. Wenn es klingelte, durften wir keinen Laut von uns geben. Als stünde die Gestapo vor der Tür. Eines Tages waren wir dann aber doch fällig, an unserem Haupthahn wurde der Wasserzähler angebracht. Seitdem wurde kein Tropfen mehr vergeudet: Nur noch eine Minute pro Woche durfte geduscht werden; die Toilettenspülung wurde außer Funktion gesetzt, stattdessen hatte man Regenwasser aus einem Eimer zu verwenden; unter den Wasserhähnen wurden Gefäße aufgestellt, um Wasser aufzufangen, das sonst verloren gegangen wäre, Wasser fürs Teekochen oder Spülen; sämtliche Pflanzen wurden nach draußen gestellt. Und wir schmuggelten Wasser nach Hause, von der Schule, von der Arbeit, vom Sportverein. Von überallher.

Der Page stellte die vier Koffer nebeneinander auf den Boden. Meine Mutter öffnete sie und holte sechs blaue Kanister heraus. Es war ein Zaubertrick. An einem anderen Ort würde sie eine Schafherde aus ihren Koffern zaubern.

Andere Pilger kauften Lourdeswasser in einem Fläschchen in Gestalt der Jungfrau Maria und nahmen es als Andenken mit nach Hause, meine Mutter füllte sechs große Kanister. Hundertachtzig Liter Wasser. Der Wasserzähler würde sich erst einmal nicht rühren.

Wieder schüttelten Pilger den Kopf, wieder äußerten andere ihre Missbilligung, ein Geräusch, das meine Mutter umgab wie das Summen eines Insektenschwarms.

Während der zweite Kanister unter dem Hahn volllief und der Page auf den Nägeln kaute, versuchte meine Mutter, Ashirwads Haar in Ordnung zu bringen, das vom Baden noch strubbelig war, doch ihr Arm war nicht lang genug. Ashirwad ist fast zwei Meter groß, meine Mutter mehr als dreißig Zentimeter kleiner. Den Kamm in der linken Hand, ein wenig Wasser in der rechten, stieg sie auf einen der Koffer, und dann zog sie Ashirwad einen Scheitel, den perfekten, schnurgeraden Scheitel eines Filmstars und des Kapitäns am Grunde ihrer Erinnerung.

Zugegeben, manchmal habe auch ich Tränen in den Augen. Als die sechs Kanister gefüllt waren, befahl meine Mutter dem Pagen, alles zum Bus zu bringen.

»*Impossible*«, antwortete der Page.

Nichts war unmöglich für meine Mutter. Deshalb transportierte der Page kurz darauf das Gepäck mit dem Rollstuhl des Inders, der ihr schon am Morgen behilflich gewesen war. Siebenmal musste er den Rollstuhl hin- und herschieben, die Abfahrt verzögerte sich um eine halbe Stunde. Auch der Page würde im Bahnhof von Bombay nicht zurechtkommen.

Am Bus stand der Fahrer mit der Passagierliste. Es war ein anderer als bei der Hinfahrt. Er machte ein Häkchen hinter Ashirwads Namen. Der Name meiner Mutter stand nicht auf der Liste.

»Das ist richtig«, sagte meine Mutter und ließ Ashirwad schon einmal einsteigen.

»Und Sie?«, fragte der Fahrer.

Meine Mutter blickte noch einmal zurück nach Lourdes, dem Ort so vieler Wunder, aber nicht für sie, nicht für ihren Ashirwad.

Einen Trost gab es, den Behindertenausweis. Lächelnd zeigte meine Mutter ihn dem Fahrer.

## DER SUPERINTENDENT

Ich wurde im Jagjivan Ram Railway Hospital in Bombay geboren. Um zwei Minuten vor drei am ersten Morgen des Jahres 1981 umfingen mich die Hände der Geburtshelferin, fingen mich auf in meinem Fall aus sagenhaften Wäldern voller Schmetterlinge und hoben mich hoch zu meiner Mutter, in ihre Hände, in ihre Arme. Meine Augen öffneten sich. Dunkle, kleine Augen, ein blauer Glanz.

Was man mir erzählt hat: Ich pinkelte, ich weinte, und ich suchte die Brust. In dieser Reihenfolge. Tante Sharma und ihre Tochter Neelam waren bei meiner Geburt anwesend. Männer durften nicht mit in den Kreißsaal. Mein Vater war 6852 Kilometer entfernt, in der Van-Ghent-Kaserne des Marinekorps in Rotterdam. Er musste seinen Militärdienst nachholen, als Oberleutnant beim Bluttransfusionsdienst. Ich schrie meine Lunge frei, mein Vater erforschte monoklonale Antikörper. Gegen Hausstaubmilben.

Es war der Mann von Tante Sharma, der in der Kaserne in Rotterdam anrief. Onkel Sharma. Irgendwo auf halber Strecke ging etwas schief; Vögel auf der Leitung, tschilpende Spatzen. Am einen Ende, in der sengenden Hitze Bombays, gab Onkel Sharma die Geburt eines Sohnes bekannt, im strengen Winter am anderen Ende war ich ein Mädchen. Mein Vater war hoch erfreut. Nach zwei Söhnen endlich eine Tochter. Und sie hieß: Eva Maria van der Kwast. Der Name stand schon seit Monaten fest. Die anderen Offiziere gratulierten meinem Vater, Umarmungen von Männern in Grün, eingeschmuggelter moussierender Wein. Eine Geburtsanzeige wurde in Auftrag gegeben. Büttenpapier, ein Storch mit einem Bündel aus kariertem Tuch, rosa und weiß.

Dann kam der zweite Anruf. Meine Mutter in der heißen Stadt. Im Hintergrund war Geschrei zu hören, mein Geschrei. Die Vögel flogen von der Leitung auf.

Mein Vater fragte, ob sie beide wohlauf seien, meine Mutter und Eva Maria.

»Wer?«, kam es durch die lange Leitung geschossen wie ein Pfeil.

»Unsere Eva, unsere liebe Tochter. Ach, ich freue mich so!«

»Ernest«, sagte meine Mutter barsch. Ein Name, der ebenfalls seit Langem feststand. Diesmal waren meine Eltern gut vorbereitet. *Ernest Roelof Arend van der Kwast*. Ein Wesen mit Falten und Knittern, Händchen und Füßchen und einem Pimmel. Ein Junge.

»Oh«, war am anderen Ende zu hören. Verblüffung, vielleicht die gleiche wie damals, als mein ältester Bruder geboren worden war. Er konnte es einfach nicht glauben.

»Ein Sohn.« Wieder ein Pfeil, und dieser traf noch genauer. Eine rosa Blase zerplatzte.

Ich schrie zur Bestätigung. Hier bin ich, hier ist *Ernest*.

Mein Vater hustete. Er erzählte von der Geburtsanzeige, die schon im Druck war. Eva Maria, in geschwungenen Buchstaben. Mit meinen Daten: 1. Januar 1981, 2:58 Uhr, 3254 Gramm.

Es dauerte einen Moment, bis meiner Mutter das ganze Ausmaß der Katastrophe bewusst wurde. Viel später sollte sie ihr Schweigen einmal damit erklären, dass sie über eine Alternative nachgedacht habe, eine Möglichkeit, den Schaden abzuwenden. Denn die Geburtsanzeige wurde ja bereits gedruckt, das Geld dafür würde sie nicht zurückbekommen. Vielleicht konnte sie *mich* umtauschen? Gegen ein Mädchen. Dann war die Karte verwendbar.

»In Indien wünscht sich jeder einen Sohn«, sagte sie viele Jahre später zu mir. »Wir hatten drei.«

Wir stritten uns, wie fast jeden Tag. Aber dies war etwas Neues, und mir fiel keine Erwiderung ein.

»Wir hätten dich sofort gegen ein Mädchen tauschen können. Es gab genug Auswahl.«

Es klang nach einer verpassten Chance. Mein Vater hätte es als Ratte in Delhi besser gehabt. Ich war davon überzeugt, dass ich es als Junge in Bombay besser gehabt hätte.

»Bist du noch da?«, fragte mein Vater im Rotterdam des Jahres 1981, in einer Kaserne, in der die Hausstaubmilbe bekämpft wurde.

Und ob meine Mutter noch da war. Wie hatte mein Vater so dumm sein können? Seit wann war er zu mehr als zum Atmen befugt? Er wurde auf Hindi angeschrieen und ausgeschimpft. Falls doch irgendwo noch ein Vogel auf der Leitung saß, fiel er jetzt vor Schreck tot zu Boden.

Als die Wehen alle zehn Minuten kamen, war meine Mutter mit ihrer Schwester und ihrer Nichte zum Jagjivan Ram Railway Hospital gefahren. Auf den Straßen explodierten Knallkörper, am dunklen Himmel blitzten goldene Blüten auf. Dieses Feuerwerk war bald abgebrannt, doch in einem weißen Haus in einem Außenbezirk Bombays kam der große Knall erst deutlich später.

Die ersten Wochen meines Lebens verbrachte ich im Haus von Onkel Sharma. Kalksteinwände, gläsernes Licht. Tage, die mitten in der Nacht begannen.

Ich kenne Geschichten über diese Zeit, oder vielmehr Fragmente davon. Ich bin ein unruhiges Baby, ich schlafe wenig, weine und schreie viel. Sie nennen mich *Tutto baby*. Die Kinder von Tante Sharma, meine Brüder, meine Mutter.

Mehr ist nicht überliefert. Die Tage sind in einen milchigen Nebel gehüllt. Ich versuche, mehr zu sehen, mit Hilfe der Fantasie aus den Fragmenten Geschichten zu machen. Aber alles ist so klein. Meine eigenen Arme und Beine, meine Hände und Füße. Im Grunde ist da nichts außer Bewegung und Geräuschen, Hunger und Durst. Vielleicht kann das nicht anders sein, vielleicht müssen die ersten Blätter des Lebens unbeschrieben sein, leer wie das Vergessen, dessen Wasser wir trinken. Wörter sind ungeeignet, zu sperrig, zu schwer. Steine, die im Wasser große Kreise hinterlassen.

Einen Monat nach meiner Geburt wurden die Koffer gepackt. Dann standen zwei Taxis vor der Tür. Das eine fürs Gepäck, das andere für uns. Meine Mutter hatte während der letzten Tage ununterbrochen eingekauft, lauter Sachen, die in den Niederlanden zehnmal so viel kosteten: Töpfe, Topfkratzer, Zahnpasta, Toilettenpapier. Und weitere Koffer, um all das transportieren zu können.

Auch die Taxis waren billiger als in den Niederlanden und dennoch mit der Religion meiner Mutter nicht vereinbar. Einer Religion der jeweils billigsten Lösung, die in diesem Fall der Bus war. »Gehen scheint noch billiger zu sein«, erklärte sie einmal. »Aber das täuscht. Denn wenn man geht, muss man mehr essen. Und die Schuhe verschleißen schneller.«

Es war mein Onkel, der die Taxis bestellt hatte. Onkel Sharma war das genaue Gegenteil meiner Mutter. Er gab sein Geld für teure Kleidung aus, aß oft außer Haus und fuhr *immer* mit dem Taxi. Vier Jahre später, beim ersten Besuch nach meiner Geburt, ging ich sofort zu Onkel Sharma und betrachtete seine Hände, fand aber unter seinen Fingern keine Spuren von dem zerronnenen Geld, von dem meine Mutter gesprochen hatte.

Der Flug dauerte neun Stunden, durch Dunkel und Leere. Ich trank an der Brust und vergaß alles, was hinter mir lag. Eine verlorene Geschichte.

Bei der Ankunft in den Niederlanden erwartete uns ein hellhäutiger Mann in einer grünen Uniform. Mein Vater. Als ich ihm zum ersten Mal in die Arme gedrückt wurde, schlief ich. Aber nicht mehr lange. Kaum nahm ich – so die Version meiner Mutter – den Geruch von Leichen wahr, fing ich an zu weinen.

»Ich arbeite an *Milben*«, sagte mein Vater.

»Trag du mal die Koffer«, erwiderte meine Mutter.

Zu Ostern übernachteten wir alle zusammen in der Van-Ghent-Kaserne. Sie war so gut wie verlassen und mein Vater der Offizier vom Dienst. Die Hausstaubmilbe hatte inzwischen kapitulieren müssen, der neue Feind war eine chinesische Variante von Immunglobulin E. Der Kalte Krieg hatte die Welt im Griff.

Angehörige in der Kaserne übernachten zu lassen war verboten, aber meine Mutter bestand darauf, dass zu Ostern auch mein Vater eine schlaflose Nacht haben sollte. Ich gehörte nicht zu den Babys, die spätestens nach drei Monaten durchschlafen. Ich gehörte zu den Babys, die ihre Eltern zur Verzweiflung treiben können. Vielleicht war ich schon damals die tickende Zeitbombe, die eines Tages unsere Familie in ihre Einzelteile zerlegen sollte. Wie hat der polnische Dichter Czesław Miłosz es ausgedrückt: »Wenn in einer Familie ein Schriftsteller geboren wird, ist es aus mit dieser Familie.«

In jener Nacht, von Ostersonntag auf Ostermontag, gelangten meine Eltern zu der Erkenntnis, dass es besser wäre, auf weitere Nachkommen zu verzichten. Drei Kinder, drei Söhne, dabei musste es bleiben. Obwohl die Drei in Indien eine Unglückszahl ist, ein Vorzeichen von Unheil, von Verderben. Als Kinder bekamen wir entweder zwei oder vier Pausenbrote, und wir durften niemals Tic-Tac-Toe spielen. Aber in der Van-Ghent-Kaserne, mitten in der Nacht, rief meine Mutter entschieden: »Drei ist genug! Drei ist gut!«

Vielleicht sollte dieser Ausruf, sollten diese Worte die ersten sein auf den beschriebenen Seiten meines Lebens. Von jetzt an kann es Steine regnen, der aufkommende Wind hat die Wasseroberfläche schon gekräuselt. Die Welt ist im Alarmzustand, die Fantasie entwirft Untergangsszenarien.

Meine Fantasie fügt die harmlosen Explosionen eines Niesanfalls hinzu. Obwohl die Kaserne milbenfrei war, nieste Ashirwad die ganze Nacht. Nur Johan schlief den Schlaf der Gerechten, leise schnalzend, im fernen Reich der Träume. Wahrscheinlich verdankte ich ihm meine Existenz. Er war ein Baby von der Sorte, von der man noch ein Dutzend haben möchte. Doch dann kam ich. Kein Geschenk Gottes, sondern die Drei. Unheil, Verderben.

Sechzehn Monate lang saugte ich an der Brust, die mich nährte und beruhigte. Dann reichte es meiner Mutter. Sie versuchte, mich zu entwöhnen, indem sie Sambal auf ihre Brustwarzen strich, aber mir als halbem Inder schmeckte es auch so. Erfolg brachte schließlich Zahnpasta aus einer der in Bombay erworbenen Tuben. Dicke, weiße Zahnpasta, von der wir einen riesigen Vorrat hatten. Bitter wie Rhabarber.

Feste Nahrung begrüßte ich mit geschlossenem Mund, die Lippen zusammengepresst. Ob Karotten, Fenchel oder Rote Bete, ich verweigerte die Aufnahme. Ashirwad aß alles, was ich stehen ließ, auch später, als ich ein schwieriges Kleinkind und ein unmögliches Kindergartenkind war. Vielleicht ist er deshalb der Größte von uns.

Das Einzige, was ich als kleines Kind bereitwillig aß, waren Mangos. Davon habe ich Bilder vor Augen, die ersten beständigen Bilder. Erinnerungen.

Die gleichen Kalksteinwände, das gleiche gläserne Licht. Aber jetzt ist der Nebel nicht aus Milch, sondern aus Rauch. Eine schnörkelige Schwadenschrift, von unsichtbarer Hand in die Luft geschrieben. Schwebende, rätselhafte Zeilen.

Onkel Sharma war weit und breit der einzige Mann, der Benson & Hedges rauchte. Er kaufte die Zigaretten von einem gestrandeten britischen Offizier, der sie jeden Monat nur für ihn aus dem Vereinigten Königreich kommen ließ. Manche behaupteten, der Offizier lebe vom Erlös der Zigaretten, die mein Onkel ihm abkaufte. Onkel Sharma zündete eine Zigarette an der anderen an. Manchmal rauchte er sogar zwei gleichzeitig. Reine Vergesslichkeit. Oder Wehmut. Es geschah, wenn sein Blick an einem Punkt in der Ferne hängen blieb und schnurgerade Falten auf seiner Stirn erschienen. Während die Zigarette im Aschenbecher glomm, wanderte seine rechte Hand in die Hosentasche, zog das weiße Päckchen Benson & Hedges hervor, klopfte eine Zigarette heraus, zündete sie an. Dann inhalierte er tief und entließ den Rauch durch das O, das seine Lippen formten. Wenn sein Blick sich von dem Etwas in der Ferne löste und die steilen Falten von der Stirn verschwanden, nahm er mit der freien Hand die Zigarette vom Aschenbecher und führte sie zum Mund, und mit einem Lächeln zog er abwechselnd an der einen und an der anderen Zigarette.

Meine Mutter verabscheute die Gewohnheit meines Onkels. Wir durften nicht in seine Nähe kommen. »Rauchen ist gefährlich«, erklärte sie. »Man kann daran sterben.« Aber was verboten ist, verlockt. Und so stand ich jeden Tag neben dem Sessel, in dem Onkel Sharma saß, in die Ferne blickte und eine Zigarette nach der anderen rauchte. Und neben mir meine beiden Brüder. Zusammen versuchten wir, die weißen, schnörkeligen Zeilen in der Luft zu lesen, die Überschriften seiner Gedanken.

Ein einziges Mal gelang es mir, eine Zigarette aus dem

Aschenbecher zu stibitzen. Wir rannten weg, so schnell wir konnten, als hätten wir Indianern einen Schatz abgejagt. Onkel Sharma schien nichts zu bemerken. Er holte zerstreut das Päckchen Benson & Hedges aus der Tasche und zündete sich eine neue an.

Ich gab die Zigarette Ashirwad. Wenn er daran starb, war es vielleicht nicht so schlimm. Er schob sich die Zigarette zwischen die Lippen, aber es kam kein Rauch aus seinem Mund.

»Du musst mit den Lippen ein O machen«, sagte ich.

Ashirwad riss den Mund weit auf, die Zigarette fiel auf den Boden.

Johan hob sie auf. »Sie ist aus«, sagte er.

Plötzlich näherten sich die Schritte meiner Mutter. Ich rannte sofort weg, Ashirwad folgte. Johan blieb stehen, die Zigarette in der Hand. Während ich mich im Garten versteckte, hörte ich meine Mutter schreien und Johan kreischen. Es gab *Ticki*. Auch Johan ist größer als ich, er war derjenige, der immer meine Tracht Prügel abbekam.

Als ich wieder neben Onkel Sharmas Sessel stand, hob mein Onkel den Zeigefinger und ließ ihn hin und her pendeln. »*Tutto baby*«, sagte er, »*Very naughty.*« Dann schnitt er für mich ein Stück Mango ab. Ich steckte es gleich in den Mund, obwohl es dafür zu groß war. Während mir der Saft übers Kinn lief, beobachtete ich, wie die Schwaden in der Luft dünner und lichter wurden, bis sie sich in nichts auflösten. Welche Zeilen, welche Wörter gab diese durchsichtige Schrift wieder? Welche Hand schrieb sie?

Noch heute spüre ich die gleiche Verlockung und will hinter den Rauchvorhang schauen. Inzwischen sind Tausende Zeilen geschrieben, Sätze, die eine Geschichte bilden, ein Leben in der Luft. Das ist es, was ich sehe, was ich lese, was ich inhaliere.

Abhimanyu Sharma wurde am 5. September 1928 in Bijnor geboren, einem damals noch kleinen Ort im Bundesstaat Uttar Pradesh, weit entfernt von Bombay. Sein Vater war Schuhmacher, seine Mutter die Hüterin von zehn Kindern. Auch Abhimanyu war der dritte Sohn, aber nach ihm kamen noch vier Töchter. Eine Jugend aus Sonne, Staub und Reis. Mehr gab es nicht. Aussichtslose Armut, außer für denjenigen, der Träume hatte.

Einmal im Monat kam aus der Stadt ein Mann mit einem Filmprojektor nach Bijnor. Weiße Hosen und Hemden, an allen Fingern blinkende Ringe, eine glanzvolle Erscheinung in der ausgedörrten Landschaft. Vor der Wand der Polizeiwache wurden Stühle aufgestellt, lange Reihen in einem weiten Bogen. Der Projektor wurde auf das Dach des gegenüberliegenden Hauses gehievt, ein Ereignis, das mehr Publikum anlockte als die Hochzeit zwischen dem Sohn eines Arztes und der Tochter eines Richters.

Alle Kinder starrten atemlos den Apparat an, der an einem Tau hochgezogen wurde. Und wenn auf der Wand die ersten Bilder erschienen – unscharf noch, von der

Sonne verwischt –, wussten sie: Es gab Leben außerhalb von Bijnor, es gab einen Ausweg.

Nun begann das Warten auf den Sonnenuntergang, auf das Rot-, dann Violettwerden des Himmels, auf die tiefblaue Stunde, in der sich alle Farbe allmählich aus den Dingen zurückzog. Bis es dunkel war. Das dauerte in jedem Monat unendlich lange. Doch mit dem Warten kam die Freude ins Dorf. Wer wartete, wusste, wofür er lebte.

Im Alter von vier Jahren sah Abhimanyu seinen ersten Film: *Cinema Girl*. Er saß auf einem Hügel, hundert Meter von der Wand entfernt. Abhimanyu sah wenig, vielleicht nur die Magie des Kinos, bewegte Bilder und schöne Menschen. Niemals sollte er das Gesicht von Prithviraj Kapoor vergessen, jenem Schauspieler, den meine Mutter später einmal pflegen sollte, der aber damals, als er auf die Wand der Polizeiwache in Bijnor projiziert wurde, bildschön war und ewig jung.

Als Abhimanyu in der Nacht nach Hause kam, erwartete ihn seine Mutter. Sie schlug ihn, bis ihr die Hände wehtaten. Später, als er zwischen zwei seiner Schwestern auf dem Boden lag, konnte Abhimanyu nicht einschlafen. Seine glühende Haut war aber nicht der Grund. Er sah das Gesicht von Prithviraj Kapoor, ein Lächeln strahlend weißer Zähne, pechschwarzes Haar mit schnurgeradem Scheitel. Abhimanyu wischte sich die Tränen von den Wangen und strich mit den nassen Fingern durch sein Haar, von links nach rechts. Ein Lächeln erschien auf seinem Gesicht. Abhimanyu Sharma hatte einen Traum.

Am Morgen erwachte er als Erster, stand sofort auf und rief: »Ich werde Schauspieler!«

Seine Schwestern rieben sich die Augen und lachten ihn aus.

Nun wachte der Vater auf. »Was ist los?«, fragte er ärgerlich.

»Abhimanyu will Schauspieler werden«, antwortete eines der Mädchen kichernd.

»*Chup ho jao*«, rief die Mutter.

Abhimanyu erinnerte sich an ihre harten Hände und beschloss, nichts weiter zu sagen. Er aß seinen Reis und ging auf die Straße. An der Pumpe hielt er den Kopf unter den Hahn und zog sich einen Scheitel. Dann rannte er zu dem Mann, der einen Spiegel besaß. Es kostete eine Rupie, sich selbst zu betrachten.

»Ich werde Schauspieler«, sagte Abhimanyu. »Ich bezahle dir später hundert Rupien.«

Der Mann schüttelte den Kopf.

»Tausend Rupien.«

Für einen Moment wurde ihm der Spiegel vorgehalten, und Abhimanyu erblickte sein Gesicht: das nasse, schwarze Haar, das Lächeln, in dem drei Zähne fehlten.

Mit diesem Lächeln ging er den ganzen Tag immer wieder zur Pumpe, so ging er durch die Tage aus Staub und Sonne.

Als einen Monat später der Mann mit dem Filmprojektor das Dorf wieder wachrüttelte, war Abhimanyu der Erste, der auf dem Platz vor der Polizeiwache einen Stuhl aufstellte. Ältere Jungen schickten ihn weg, aber er kam jedes Mal zurück.

»Ich werde Schauspieler!«, rief Abhimanyu. »Ich werde so berühmt wie Prithviraj Kapoor.«

Man lachte ihn aus, immer lachte man ihn aus.

Am Abend sah er den Film vom Dach eines Hauses aus, wo er einen Platz zwischen älteren Jungen ergattert hatte. In der Nacht wurde ihm der Hintern versohlt. Abhimanyu weinte und flehte um Gnade, doch die Hände seiner Mutter waren unerbittlich. Vielleicht sah er ihre Hände, später, viel später, wenn sein Blick an einem Punkt in der Ferne hängen blieb.

Und dann kam der Ton. Er kam aus großen schwarzen Kästen, die der Filmprojektormann mitgebracht hatte. Am Tag hatte Abhimanyu Stühle aufgestellt und verwundert die Kästen betrachtet, die aus Holzkisten ausgeladen wurden. Als er selbst eine hochheben wollte, legte ihm jemand die Hand auf die Schulter, eine Hand mit Goldringen an jedem Finger.

»Später«, sagte der Filmprojektormann, »wenn du groß bist.«

Es war das erste Mal, dass er etwas zu ihm sagte. Abhimanyu strich sich mit den Fingern durchs Haar, von links nach rechts, und sein Mund formte ein Lächeln, aus dem jeden Moment der letzte Milchzahn herausfallen konnte.

Auch der Mann lächelte, dann holte er ein Foto aus seiner Brusttasche. Es hatte einen weißen Wellenrand.

»Prithviraj Kapoor!«, rief Abhimanyu. Erst später entdeckte er einen schwarzen Federzug auf dem Bild, ein Autogramm des Schauspielers. Er weinte vor Glück.

Als sich am Himmel die Sterne zeigten, wurde der Film gestartet. *Alam Ara*, Licht der Welt. Der erste indische Tonfilm: *talking, singing, dancing*. Bei der Vorführung in Bombay hatte die Polizei das Publikum beschwichtigen müssen. Auch in Bijnor wussten die Leute nicht, wie ihnen geschah. Manche Zuschauer blickten sich verblüfft um, andere standen auf und machten sich auf die Suche nach dem Ursprung der Klänge, wieder andere applaudierten begeistert. Einige wenige hielten sich die Ohren zu. Abhimanyu erfreute sich an den Gesangsnummern und beobachtete mit offenem Mund die tanzenden Darsteller. Es riss ihn mit, er konnte nichts dagegen tun. Er hob die Füße, drehte sich in den Hüften. Er tanzte auf dem Dach.

Am nächsten Tag waren die fröhlichen Melodien aus *Alam Ara* überall zu hören. Bijnor schien plötzlich ein anderer Ort zu sein, in einer anderen Welt. An jeder Ecke, in jedem Laden, in jedem Haus ertönte der erste Song aus dem Film: *De de khuda ke naam per*. Auch Abhimanyu sang das Lied zu Hause. In ganz Indien wurde es gesungen.

Die Töchter flogen nacheinander aus. Sie heirateten, bekamen Kinder, gaben ihnen Namen, die sie jahrelang Tag und Nacht schreien sollten, in Zimmern und Küchen, auf Märkten und Plätzen, aus voller Kehle, um den Straßenlärm zu übertönen. Doch eines Tages erreichten ihre Schreie die Kinder nicht mehr. Dann waren sie allein auf der Welt.

Abhimanyu war siebzehn, als er Bijnor verließ, mit nichts als einem Kamm in der Hosentasche. Groß war er geworden, ein Hüne von einem Mann. Seine Brüder schufteten als Tagelöhner auf dem Land und gingen jeden Morgen vor Sonnenaufgang zwölf Kilometer zu Fuß zur Arbeit. Erschöpft und schwarz von der Erde kehrten sie abends heim.

»Bombay«, hatte der Mann mit dem Filmprojektor gesagt. »Da bist du richtig. Da musst du hin.« Abhimanyu war nicht der einzige junge Inder, der von einer Leinwandkarriere träumte. Millionen träumten den gleichen Traum und jagten ihm nach. »Versuch dein Glück«, hatte der Mann zu ihm gesagt. »Aber dann gib alles. Auch wenn das bedeutet, dass du nichts zu essen hast, keinen Platz zum Schlafen, keinen Halt, wenn du immer tiefer in Verzweiflung versinkst. Gib alles, oder bleib hier und hör auf zu träumen.«

Seine Mutter schrie seinen Namen auf dem Bahnsteig, es war das letzte Mal, dass er ihre Stimme hörte. Abhimanyu Sharma versuchte sein Glück und gab alles.

Er sollte seine Mutter nie wiedersehen. Aber sie ihn.

Jahre nach seiner Abreise, in einer Sternennacht im März, rollte eine Welle der Freude durch Bijnor. Von der ersten Reihe zur zweiten, dritten, vierten und weiter zur letzten Reihe und von dort zu den Dächern und Hügeln, bis sie schließlich das Haus der Familie Sharma erreichte.

Der Film wurde angehalten. Und zurückgespult. Und wieder angehalten. Sein Gesicht, groß wie die Wand der Polizeiwache. »Abhimanyu!«, riefen die Menschen wie aus einer Kehle. »Abhimanyu!«

Seine Mutter bekam einen Stuhl in der ersten Reihe und sah ihren Sohn singen und tanzen. Wasserfälle von Klängen begleiteten ihn, schöne, nacktnabelige Frauen, Prinzessinnen in Flittergold. »Abhimanyu«, murmelte sie, und dann kamen die Tränen, weil ihre Stimme ihn nie mehr erreichen würde.

Doch bevor er sprechend, singend und tanzend durchs Leben ging, litt Abhimanyu Hunger und schlief wie zahllose andere am Strand von Dadar und Versova. Dort, in den Vorstädten Bombays, träumten alle den gleichen Traum, junge Männer aus ganz Indien, Schiffbrüchige, die das Meer nur noch zu überspülen brauchte.

In Bombay ging Abhimanyu zu jedem Casting und jedem Vorsprechen; zu jedem bekannten Regisseur, jedem bekannten Produzenten versuchte er vorzudringen. Ardeshir Irani, V. Shantaram, Sohrab Modi, große Namen in der Traumfabrik Bollywood.

Und auch über diese Zeit kenne ich Geschichten, diesmal keine Fragmente, sondern epische Dichtungen. Mein Onkel, der Mann, der meine Geburt durch Vogelgezwitscher hindurch verkündete, soll von keinem Geringeren als Guru Dutt entdeckt worden sein, dem Schauspieler, Regisseur und Produzenten – später eine lebende Legende, Großkonsument von Frauen und Alkohol. Im Studio der Prabhat Film Company, in dem Guru Dutt damals als Regieassistent arbeitete, soll der junge Abhimanyu bei ihm einen »überwältigenden Eindruck« hinterlassen haben. Das Heldenlied, gesungen von Neffen und Nichten und einem ganzen Chor aus Tanten und Nachbarinnen, rühmt außerdem Abhimanyus Lächeln, »in dem kein einziger Zahn fehlte«, sowie das »glänzend schwarze Haar mit einem Scheitel, so gerade wie der Kniff der *Times of India*«. Doch die Internet Movie Database führt Abhimanyu Sharma nicht in den Besetzungslisten etwa von *Pyaasa* oder *Kaagaz Ke Phool*, späteren Klassikern von Guru Dutt. Ich sehe die Filme und versuche, meinen Onkel in der Flut der Darsteller irgendeiner Massenszene zu entdecken. Aber sie sehen sich alle so ähnlich: das gleiche Lächeln, der gleiche Scheitel.

Zum letzten Mal habe ich Onkel Sharma in Rotterdam gesehen, in der Tiberiaslaan. Im Sommer 1990. Von Nachbarn hatten wir uns einen Stapel Videokassetten ausgeliehen, um die langen Abende mit den Verwandten durchzustehen. Eine der Kassetten war *Indiana Jones und der Tempel des Todes*. Wir sahen den Film auf der Terrasse, das Verlängerungskabel schlängelte sich über die Fliesen, im Hintergrund waren die Geräusche vom benachbarten Tennisplatz zu hören, das Hin-und-Her der Bälle. Allerdings übertönt vom Schnarchen meiner Mutter und ihrer Schwester, Tante Sharma. Es war wohl eine Familienkrankheit, wobei auch Tante Sharma ihr Schnarchen erbittert leugnete.

Onkel Sharma saß neben mir auf der Bank. Er trug sein nicht mehr so volles Haar zurückgekämmt, war aber weiß gekleidet wie eh und je und rauchte noch die gleichen Zigaretten, Benson & Hedges. Ein Rauchschleier umhüllte ihn, wo immer er sich aufhielt. Er hatte mir ein Foto mit seinem Autogramm geschenkt und gesagt, wie viel Geld das Foto wert sei. Nicht in Gulden, sondern in Rupien. Auf der Tafel mit Wechselkursen bei der AMRO-Bank kam die Rupie nicht vor.

*Indiana Jones und der Tempel des Todes* spielt hauptsächlich in Indien, in einer Landschaft und Kulissen, die indisch sein sollen. In Wirklichkeit ist der Film in Sri Lanka gedreht worden, weil die indischen Behörden die Dreherlaubnis für Nordindien verweigerten. Die Inder kritisierten das Script als »rassistisch« und forderten zahlreiche Änderungen sowie das Recht auf den endgültigen Schnitt. Von alldem wussten wir nichts, als die Videokassette im Rekorder verschwand.

Die Stimmung trübte sich schon recht früh, bei der Episode, in der Indiana Jones im Himalaya abstürzt und die Einwohner eines abgelegenen Dorfes ihn für einen Abgesandten Shivas halten. Onkel Sharma schüttelte den Kopf. »Indiana Jones ein Abgesandter Shivas?«, hörte ich ihn brummen. »Ausgeschlossen.« Als bald danach der Göttin Kali Menschenopfer dargebracht wurden, erhob er sich. »Ausgeschlossen«, wiederholte er. »*Vollkommen* ausgeschlossen.« Und er richtete drohend den Finger auf den Fernsehschirm, auf dem Indiana Jones grinsend der Gefahr ins Auge blickte. Dann setzte mein Onkel sich wieder hin und zündete sich eine Zigarette an.

Ashirwad weckte meine Mutter und ihre Schwester; wegen ihnen könne er nichts hören, klagte er. Sie leugneten beide, geschlafen zu haben. »Ich sehe schließlich auch den Film«, sagte meine Mutter.

»Du schnarchst«, entgegnete Ashirwad. »Und du auch.« Er zeigte auf Tante Sharma.

»Was sagt er?«, fragte sie ihre Schwester auf Hindi. Meine Mutter übersetzte.

Tante Sharma schüttelte erbost den Kopf und stieß einen Fluch in ihrer Muttersprache hervor. Es klang wie ein altes Auto mit Startschwierigkeiten.

»Ashirwad hat recht«, warf Onkel Sharma ein.

»Das stimmt nicht«, rief meine Mutter. »Wir schnarchen nicht.«

Ein Gegenstand flog über meinen Kopf. Im ersten Moment dachte ich, es wäre ein Tennisball, aber es war ein Pantoffel.

Mein Vater drückte auf die Pausentaste der Fernbedienung. Der Film konnte unmöglich weiterlaufen, erst musste diskutiert werden.

Tante Sharma schleuderte ihrem Mann Wörter an den Kopf, die ich kannte. Die einzigen Hindi-Wörter, die ich kannte. Der Oldtimer war angesprungen und ratterte gleichmäßig.

»Und wie ihr schnarcht!«, rief Ashirwad. »Und *wie* ihr schnarcht!«

Vielleicht hätte die Diskussion bis weit nach Mitternacht gedauert, hätte sich der Videorekorder nicht von selbst auf Abspielen geschaltet. Auf dem Bildschirm erschien ein aufgeschnittener Affenkopf, aus dem ein Inder das Gehirn aß.

Wieder erhob sich Onkel Sharma von der Bank, doch diesmal stellte er sich vor den Fernseher. Eine Weile schaute er uns nur an, streng wie ein Lehrer. Dann sagte er: »Ausgeschlossen.«

Ich erinnere mich nicht an den genauen Wortlaut des darauf folgenden Monologs, nur noch an die allgemeine Aussage: dass Indien eine Milliarde Einwohner habe, darunter aber keinen einzigen, der Affengehirne esse. Nur Ashirwad ging darauf ein. »Mein Lieblingsessen ist Schlangenhappi.«

Onkel Sharma ließ sich nicht aus dem Konzept bringen. Er blieb noch mindestens eine Minute vor dem Fernseher stehen, würdevoll wie ein Standbild. Sogar für die Zigarette in seiner Rechten schien die Zeit eingefroren zu sein, kein Rauch stieg von ihr auf. Schließlich schritt er ruhig ins Haus, und wir sahen den Rest des Indiana-Jones-Films ohne ihn.

Der Vorhang hatte sich geöffnet, der Rauchschleier war durchlässig geworden. Aber vielleicht sind das zu viele Metaphern. So wie Onkel Sharma vor dem Fernseher gestanden hatte, sah ich ihn später während eines Hindu-Festivals zum ersten Mal auf der Leinwand. Ich erkannte ihn sofort. Die große Gestalt, die glatte Stirn, die Haare ordentlich zurückgekämmt. Er spielte einen »*Superintendent of Police*« in *Janam Janam*, einem Filmdrama, in dem es so viele Rückblenden gibt, dass einem schwindelig wird, und in dem plötzlich Onkel Sharma den Schauplatz betritt. Beherrscht, mit ruhigem Schritt, streng und würdevoll. Die Szenen mit meinem Onkel lassen sich an den Fingern einer Hand abzählen, und viel gesprochen wird darin nicht. Der *Superintendent* erspart sich überflüssige Worte. Es ist seine Erscheinung, die ihre Wirkung entfaltet, die Erscheinung eines Menschen, dessen wenige Worte Gewicht haben. Irgendwann in der letzten Szene verschränkt er die Arme. Der Fall ist geklärt.

Abhimanyu Sharma soll in über zweihundert Bollywoodfilmen mitgespielt haben. Das sagen mehrere familiäre Quellen. Die Internet Movie Database zählt lediglich fünfundzwanzig Filme auf, alle aus der Zeit nach 1960. Die Zeit zwischen 1945 und 1960 ist für immer in Rauch gehüllt. Doch wer genug Fantasie hat, sieht ihn auch in

Filmen von Ardeshir Irani, V. Shantaram, Sohrab Modi, tanzend, leicht zu übersehen in der Flut der Darsteller, der Name im Abspann vergessen. Meine Hand schreibt ihn gern dazu.

(Manchmal sehe ich auch mich in einem Film, neuer, moderner, noch süßlicher; in meinen Armen eine schlanke, bildschöne Frau mit glänzendem Schmuck an Fesseln, Handgelenken und Hals. Wir drehen uns im Tanz, wirbeln durch Straßen und Paläste. Das Leben, das mir entgangen ist, der Schauspieler, der ich hätte sein können, wäre ich gegen ein Mädchen eingetauscht worden: Eva Maria. Auch das schreibe ich gern. Es geht wie von selbst, als hätte ich noch diesen alles verzaubernden blauen Schleier auf den Augen, so dass ich mehr sehe, als tatsächlich da ist, und mich an mehr erinnere, als ich erlebt habe.)

Onkel Sharma sollte nie so berühmt werden wie Prithviraj Kapoor, hat aber an der Seite aller großen Darsteller seiner Zeit gespielt. Man erkannte ihn auf der Straße, bat ihn um Autogramme, ließ sogar Hundert-Rupien-Scheine von ihm signieren. In Tausenden von Städten erschien der kleine Junge aus Bijnor riesenhaft auf Leinwänden. Mal in Polizeiuniform, mal im blütenweißen Arztkittel.

Das indische Kino bietet nur eine begrenzte Auswahl an Rollen: Da sind zunächst einmal der Held, der *bad guy*, die Schöne und die Schwiegereltern. Dann der Anhang der genannten Personen, häufig Neurotiker, die rasend schnell sprechen; *was* sie sagen, tut eigentlich nichts zur Sache. Und schließlich die unzähligen Tanzenden, die zum Playback singen, als hinge ihr Leben davon ab. In jedem Film tritt aber auch ein *big shot* auf, eine einflussreiche Persönlichkeit, jemand, auf den man hört. Onkel Sharma.

In den Filmen, die ich übers Internet bestelle und teilweise erst nach sieben Monaten geliefert bekomme, sehe ich ihn dreimal als »*Superintendent of Police*«, aber auch in den Rollen des »*Prosecuting Lawyer*«, »*Doctor Sharma*«, »*Inspector Sharma*« und »*Diwan's Guest*«. In anderen Filmen, die ich mir über Verwandte besorge, spielt er Rollen wie »*Hotel Manager*«, »*Construction Superintendent*«, »*Judge Sharma*« und »*Restaurant Owner*«.

Immer gibt es einen Konflikt zwischen den Hauptpersonen, und plötzlich, aus dem Nichts, kommt mein Onkel ins Bild. Jedes Mal der gleiche ruhige Gang, der gleiche strenge Blick. Er hört sich an, was die anderen zu sagen haben, nickt gelassen und verkündet schließlich ein Urteil, reserviert einen anderen Tisch oder verschreibt ein Medikament. Dann verschränkt er die Arme. Der Deus ex machina des indischen Kinos hat seine Aufgabe erfüllt.

Nach *Indiana Jones und der Tempel des Todes* hat es keine weitere Begegnung mehr gegeben. Obwohl es 2001 beinahe dazu gekommen wäre. Onkel Sharma besaß eine

Wohnung in London und hatte uns eingeladen, eine Woche bei ihm und seiner Frau zu verbringen. Eine Gratis-Ferienunterkunft – da konnte meine Mutter kaum Nein sagen.

Neelam, Onkel Sharmas Tochter, erwartete uns am Bahnhof. Da wir mit der ganzen Familie anreisten, stellten wir auch einen neuen Gepäckrekord auf. Neelam bestand darauf, ein Taxi zu nehmen, doch das war meiner Mutter zu teuer. Erst stritt sie sich mit dem Fahrer, der es ablehnte, über den Tarif zu verhandeln, dann mit Neelam, die sie daran erinnerte, dass wir nicht in Indien waren.

Vielleicht hätte Onkel Sharma als plötzlich auftauchender *big shot* die Wogen glätten können, aber er übernahm damals schon keine Rollen mehr. Sieben Stunden später waren wir wieder zu Hause. Mein Vater, eine Reisetasche am Trageriemen um den Hals gehängt, brach auf der Schwelle zusammen.

Der letzte Akt, 27. April 2003, Leicester Square Theatre, London. Schauspieler aus Bombay führen eine grandiose Revue auf. *Talking, singing, dancing*, bunte Kostüme, fantastische Bühnenbilder. Onkel Sharma sitzt neben seiner Tochter in der ersten Reihe, auf Einladung der Schauspieler. Dreihundert Zuschauer sind gekommen, fast ausnahmslos Inder; das Publikum singt mit, klatscht mit, fühlt mit.

Gegen Ende der Show spürt Neelam den Kopf ihres

Vaters auf der Schulter. Onkel Sharma ist eingeschlafen. In letzter Zeit kommt es oft vor, dass er bei Filmen oder Theateraufführungen einschläft. Ihm wird alles schnell zu viel. Doch auch als das Publikum den Darstellern stehende Ovationen bringt, wacht er nicht auf. Onkel Sharma bleibt sitzen, die Miene unbewegt, die Arme verschränkt.

»*Jeena yahan marna yahan*«, sagt man auf Hindi. »Ich lebe hier, ich sterbe hier.« Hier: im Rampenlicht.

Dann fällt der Vorhang.

# DER INDISCHE TRAUM

Auf dem Nachtschränkchen meiner Mutter standen sieben Pokale. Alte Pokale aus Metall, denen die Zeit ihren Glanz genommen hatte, von Rost befallen und von dicken Staubschichten überzogen. In der Mitte der größte: lange, schlanke Henkel, die Schale weit wie ein Helm. Die anderen, nach abnehmender Größe angeordnet, ruhten in seinem Schatten. Die kleinsten hatten Deckel. Hob man sie an, roch man Erde, sommerliche Erde.

Auf den dunklen Holzsockeln waren keine gravierten Metallplaketten angebracht; Informationen über die Herkunft, über Datum, Ort und Disziplin fehlten. Es hätten auch antike Trinkgefäße sein können, vor langer Zeit von den Lippen meiner Ahnen berührt. Als kleine Kinder versuchten wir aus den leeren Pokalen zu trinken und schmeckten nur Staub. Wir weinten.

Meine Mutter putzte die Pokale mit einem Tuch, doch der Rost ließ sich nicht entfernen, und der Staub kehrte stets zurück. Nur unter die Pokale, unter die Sockel kam er nicht. Dort versteckten sich Vierecke, so sauber, dass sie glänzten und schimmerten. Manchmal hob ich jeden einzelnen Pokal hoch und betrachtete das schwarze, lackierte Holz, das darunter zum Vorschein kam. Winzige Seen, und ich starrte hinein und hoffte, etwas über die Geschichte der Pokale zu erfahren. Es kam vor, dass ich in der Tiefe eine steinalte Frau mit zitternden Händen trinken sah, die Mutter der Mutter meiner Mutter.

Wenig später verwandelte sich die Welt für immer, und alles, was Tiefe gehabt zu haben schien, wurde flach und hart, als würden mir die Dinge einen Schlag ins Gesicht geben: wach auf!

Die Pokale stammten aus Indien, wo meine Mutter als Mädchen über die Sportplätze des Queen Victoria Girls Inter College gerannt war, in Agra. Dort flitzten ihre nackten Füße über warme Erde, über lockeren Sand. Der Geruch unter den Deckeln. Sie war für ihren Blitzstart bekannt. Niemand konnte so schnell starten wie meine Mutter.

»Ich hatte die besten Ohren«, erklärte sie. »Und die schnellsten Beine.«

Mein Vater meinte, sie sei oft schon unterwegs gewesen, bevor der Startschuss ertönte. »In Indien unterscheidet man nicht so genau zwischen Blitzstart und Fehlstart«, flüsterte er mir ins Ohr.

Meine Mutter hörte immer noch sehr gut. Sie zog einen Pantoffel aus und schlug meinem Vater damit auf den Kopf. »Früher gab es gar keinen Startschuss«, sagte sie und erzählte von den Kampfrichtern an der Startlinie, die weiße Pullunder trugen und sehr gekünstelt sprachen. Sechs Wörter: »*On your marks, get set, go!*«

Sie sprintete auf einem Pantoffel los, durch beide hintereinanderliegenden Wohnräume; die Schiebetüren standen glücklicherweise offen. Am anderen Ende warf sie die Arme hoch. Lächelnd kam sie zurück.

»Jetzt wir beide!«, rief sie. »Ein Wettlauf.«

Sie zog den anderen Pantoffel wieder an und stellte sich in Starthaltung auf. Ich folgte ihrem Beispiel.

Mein Vater sollte die Rolle des Kampfrichters spielen, die sechs Wörter sprechen, wie sie in Indien gesprochen worden waren. In seinem verschlissenen Pullover, denn einen weißen Pullunder besaß er nicht. Meine Mutter fand neue Sachen zu schade für ihn. Seine Unterwäsche, die samstags an der Leine hing, hatte so große Löcher, dass Vögelchen hätten hindurchfliegen können. Irgendwann würde sie wahrscheinlich von einem indischen Schneider ausgebessert werden.

»Theo!«, sagte meine Mutter.

Mein Vater wollte kein Kampfrichter sein, er wusste, dass er Fehler begehen konnte. Aber wenn meine Mutter seinen Vornamen aussprach, hatte er keine Wahl. Sein Name war gleichbedeutend mit einer Todesdrohung.

»*On your marks …*«, sagte er widerwillig. »*Get set.*« Und dann unerwartet schnell: »*Go!*«

Ich rannte los, doch meine Mutter war schon bei den Schiebetüren. Sie gewann den Sprint mit großem Vorsprung, der Länge des hinteren Zimmers.

Mein Vater schüttelte den Kopf, hütete sich aber, etwas zu sagen.

Ich war sechs, als meine Eltern mich beim Rotterdamer Leichtathletikverein PAC anmeldeten. Ein Samstagmorgen in den achtziger Jahren. Der Trainer hieß Freek Ruigrok und trug einen violett-gelben Trainingsanzug. Meine Mutter hatte mir eine kurze Hose angezogen. Ich war bei den U7 der Einzige mit schwarzen Socken.

Wir liefen eine Runde auf der dunkelroten Aschenbahn. Vorn Freek Ruigrok, dahinter wir, eine immer länger werdende Reihe. Manche von den Jungen wurden zur Leichtathletik angemeldet, weil die Eltern glaubten, die Bewegung werde ihnen guttun: dickwadige, rundgesichtige Jungen, deren Schuhe durch das grobe Aschengemisch schleiften. Andere wurden angemeldet, weil es gut für die Eltern war: Jungen, die sich ständig bewegen mussten, die rennen, springen und hüpfen mussten, für die stillstehen und stillsitzen unmöglich und ungesund war. Ich gehörte zur zweiten Kategorie. Mein Körper barst beinahe vor Energie.

»Lassen Sie ihn einfach zehn Runden laufen«, hatte mein Vater zum Trainer gesagt. »Dann ist er zu Hause ein bisschen ruhiger.«

Jetzt saß er mit meiner Mutter auf dem Rasen neben der Bahn. Eine friedvolle Szene, aus einiger Entfernung betrachtet. Junge Eltern, die gemeinsam die Stille, die Ruhe genießen.

Mein Vater versuchte, einen Artikel zu lesen. Wahrscheinlich über die Prostata. Vor Kurzem hatte er sich auf Prostatakrebs spezialisiert. An jedem Wochenende brachte er einen Artikel darüber mit, doch meine Mutter verbot ihm das Arbeiten zu Hause. Deshalb las er die Artikel meistens heimlich auf der Toilette. Wenn er sich zu lange dort aufhielt, drückte meine Mutter ihr Ohr an die Tür.

»Ich höre Papier«, sagte sie dann. »Ich höre Papier!«

»Auch ich habe Rechte«, wurde hinter der Tür geantwortet. »Auch ich darf mal müssen.«

Mein Mutter kniete sich hin und hielt die Nase an den schmalen Spalt unter der Tür. »Ich rieche nichts!«

»Ich habe Verstopfung«, erwiderte mein Vater. »Lass mich in Ruhe.«

»Du arbeitest!«, schrie meine Mutter. »Du liest einen Artikel!«

»Tue ich nicht!«

Meine Mutter hämmerte mit den Fäusten an die Tür. »Komm raus!«

»Wenn ich fertig bin, wenn ich mein Geschäft gemacht habe.«

Manchmal wurde erst nach einer halben Stunde die Spülung betätigt und etwas später vorsichtig die Tür geöffnet. Meine Mutter hatte die ganze Zeit gewartet, immer ungeduldiger, immer wütender. Sie verstellte meinem Vater den Weg. Er musste Beine und Arme spreizen, damit meine Mutter ihn durchsuchen konnte.

»Ich habe nur mein Geschäft gemacht«, rief mein Vater. »Ich bin kein Krimineller!«

Die Hände meiner Mutter tasteten den Körper meines Vaters ab. Von oben nach unten, von vorn nach hinten. Sie wäre im Ostblock eine gute Zollbeamtin gewesen. Es gab zwei Möglichkeiten. Entweder sie fand die Blätter unter seinen Sachen, oder sie fand sie hinter der Toilette, unterm Abflussrohr versteckt. Das Ergebnis war dasselbe. Sie zerriss den Artikel über der Toilette. Mein Vater, auf den Knien, fischte die Fetzen fluchend heraus.

Szenen, die ein Kind nicht so schnell vergisst.

Aber auch wenn meine Mutter in der Küche stand, die Betten machte oder einfach einen Moment nicht hinsah, versuchte mein Vater, Artikel über Prostatakrebs zu lesen und zu korrigieren. Nur sehr selten mit Erfolg. Manchmal geriet meine Mutter so in Rage, dass sie sich das zerfetzte Papier in den Mund stopfte und darauf herumkaute.

Von der Gegengerade aus winkte ich meinen Eltern zu. Ich lief knapp hinter Freek Ruigrok, fast ging ich in Führung. Meine Mutter winkte zurück. Sie war aufgesprungen und spornte mich an, das Tempo noch zu erhöhen.

»*Jaldi! Jaldi!*«, schallte es quer über den Platz. Schneller! Schneller!

Als sie dann aber sah, dass mein Vater einen Artikel las, stürzte sie sich auf die Blätter in seiner Hand wie ein Greifvogel auf die Beute.

Jetzt war die Stimme meines Vaters über den Platz hinweg zu hören. »Hilfe! Hilfe!«

Vergebens, meine Mutter hatte sich schon mit dem Artikel davongemacht. Blitzschnell rannte sie über den Streifen Rasen am Rand und zerriss die Blätter über dem nächsten Mülleimer.

(Heute, mehr als zwanzig Jahre später, forscht mein Vater immer noch über Prostatakrebs. Nicht mehr in Rotterdam, sondern am University Health Network von Toronto. Er gehört zu den führenden Experten auf diesem Gebiet und veröffentlicht regelmäßig Artikel in wichtigen medizinischen Fachzeitschriften. Einen Durchbruch gibt es aber noch nicht, *das* Mittel gegen Prostatakrebs lässt auf sich warten. Manchmal glaube ich, es hätte längst entdeckt werden können, wenn meine Mutter nicht all diese Artikel zerrissen, durch die Toilette gespült oder verschlungen hätte. An die zahllosen Männer, die deshalb vor der Zeit gestorben oder impotent geworden sind, darf ich gar nicht denken. Meine Mutter, möglicherweise eine Männermörderin.)

Nach dem ersten Mal kam mein Vater nicht mehr mit zum Training. Meine Mutter dagegen versäumte im ersten Jahr kein einziges, sie war fanatischer als jeder Fußballvater. An jedem Samstagmorgen und Mittwochnachmittag brachte sie mich zum Sportplatz am Lange Pad und feuerte mich leidenschaftlich an. Freek Ruigrok hatte mir gleich am Anfang den Namen Jaldi verpasst, mit dem mich bald auch die Jungs aus meiner Gruppe anredeten und den ich bis zum Alter von einundzwanzig tragen sollte.

Mein erster Leichtathletikwettkampf war die PAC-Vereinsmeisterschaft. Auf dem Programm der U7 standen vier Disziplinen: 40 Meter Sprint, Ballwurf, Weitsprung und 600 Meter. Ich war ein bisschen nervös, aber das war nichts im Vergleich zu der Unruhe meiner Mutter. Sie stellte ununterbrochen Fragen, und ihre Hände zitterten so, dass es ihr nicht gelang, meine Startnummer auf dem Rücken meines orangefarbenen Vereinstrikots festzustecken. Ich spürte einen Stich und wollte protestieren, doch dann sah ich die Tränen in ihren Augen.

»Mama«, lege ich mir heute in den Mund, »ganz ruhig, kein Grund zu weinen. Ich weiß, dass du stolz auf mich bist und dass du es später nicht mehr sein wirst, dass du mich aber trotzdem liebst, weil ich dein Kind bin. Wisch dir die Tränen ab, Mutter, und nimm mich in den Arm. Dann halten wir uns über die Jahre hinweg fest.«

Schließlich half uns die Mutter von Jurjen Coenen beim Befestigen der Startnummer. Jurjen wohnte ebenfalls in der Jericholaan, war aber ein Jahr älter. Er machte bei den U8 mit und verbesserte am Ende des Tages den Vereinsrekord über 1000 Meter. Später, bei den Junioren, sollte er mein Rivale werden. Besser gesagt, der Rivale meiner Mutter.

Die erste U7-Disziplin war also der Sprint über 40 Meter. Eine Distanz, die damals ziemlich weit erschien, von heute aus betrachtet aber nur ein kurzer Strich ist, ein winziger Kratzer im Gedächtnis, kaum sichtbar. Meine Mutter begleitete mich zum Start. Zum x-ten Mal fragte sie mich, ob ich wisse, bei welchem Lauf ich an der Reihe sei und welche Bahn ich habe. Ich nickte: dritter Lauf, Bahn vier. Dann zupfte sie mein T-Shirt hoch und stopfte es wieder in den Hosenbund. Hätten ihre Hände nicht so gezittert, hätte sie auch noch einmal meine Schnürsenkel gebunden.

Es war rührend, diese Nervosität meiner Mutter. Aber auch peinlich. Als die Teilnehmer des zweiten Laufs sich bereitmachten, fragte sie: »Hast du Pipi gemacht?«

Mir war sofort klar, dass ich einen Fehler begangen hatte, und schüttelte schnell den Kopf.

»Ernest«, sagte sie, und auch dies war eine Drohung.

Die Toiletten der Vereinskantine waren zu weit entfernt, ich würde meinen Lauf verpassen.

»Mit voller Blase kannst du nicht gewinnen«, erklärte meine Mutter und zeigte auf einen Baum am Rand des Platzes.

Ich versuchte, möglichst unauffällig dorthin zu gehen, wurde aber von zwei anderen Jungen beobachtet. Und so wussten nach drei Sekunden alle auf dem Platz, dass ich hinter einem Baum stand und pinkelte. Ich hörte Gelächter. Die Art von Gelächter, das ein Kind im Innersten verletzt.

»Lass dich nicht beirren«, sagte meine Mutter, während sie mein T-Shirt erneut zurechtzurrte. Sich durch nichts beirren lassen, schon gar nicht durch die Reaktionen anderer Leute, das war, was meine Mutter uns vorlebte, ein Grundsatz, den sie selbst gewissenhaft beherzigte.

Dann erklang der Startschuss, und wir waren unterwegs. »*Jaldi!*«, schrie meine Mutter. »*Jaldi! Jaldi!*« Sie feuerte mich mit dem Elan einer ganzen indischen Familie an: Vater, Mutter, zwei Söhne, zahllose Töchter.

Ich hatte vielleicht keinen Blitzstart gehabt, überquerte aber als Erster die gekalkte Ziellinie, die Brust vorgestreckt, wie ich es von Freek Ruigrok gelernt hatte. Neben der Bahn stand schon meine Mutter bereit, um mir zu gratulieren, auch sie war die 40 Meter gelaufen. Wir mussten zuerst rückwärts in Richtung Start gehen, damit die Kampfrichter die Startnummern auf unseren Rücken lesen konnten. Es war noch die Epoche der Stoppuhren, der Trillerpfeifen, der Bleistifte, Listen und Radiergummis.

»Na, siehst du«, sagte meine Mutter. »Das Pipimachen hat geholfen.« Sie schloss mich in ihre warmen, starken Arme, Tränen standen ihr in den Augen. »Du musst immer auf deine Mutter hören«, flüsterte sie. So lautete ihr Rat; wenn ich mich daran hielt, würde ganz von selbst alles gut werden.

Beim Weitsprung sprang ich zweimal ungültig. Der dritte Sprung reichte für einen vierten Rang, allerdings rutschte ich in der Zwischenwertung vom ersten auf den zweiten Rang. Meine Mutter war da schon vom Platz geschickt worden, weil sie die Kampfrichter belästigt hatte. Sie war nicht damit einverstanden, dass man meine ersten beiden Sprünge für ungültig erklärt hatte.

»Er ist noch so jung«, sagte sie nach dem ersten Sprung zu dem Kampfrichter, der auf einem Stuhl neben dem Absprungbalken saß. »Und er gibt sich solche Mühe.«

Bei meinem zweiten Versuch drückte sie die rote Fahne nach unten, nahm dem Kampfrichter die weiße Fahne ab und hielt sie hoch. Trotzdem weigerten sich die anderen Kampfrichter, die Weite zu messen. Daraufhin betrat meine Mutter die Sprunggrube, maß meine Weite mit ihren Schritten und verkündete feierlich: »Vier Meter und siebzig Zentimeter.« Eine Weite, die Vereinsrekord gewesen wäre, wenn nicht gar ein neuer U7-Weltrekord, falls es so etwas gab.

Später wurde meine Mutter selbst Kampfrichterin, nachdem sie zunächst siebenmal bei der Kampfrichterprüfung der Königlich-Niederländischen Leichtathletik-Union durchgefallen war. Sie wollte unbedingt Kampfrichterin sein, nicht weil sie sich dazu berufen fühlte, als freiwillige Helferin an Leichtathletik-Wettkämpfen teilzunehmen, sondern wegen der Lunchpakete. Kampfrichter hatten Anspruch auf ein Lunchpaket und Getränkegutscheine für Kaffee oder Tee. Eine Regelung, deren Anziehungskraft mit der von Sonderangeboten im Supermarkt vergleichbar war.

Sobald sie offiziell als Kampfrichterin eingeteilt war, versuchte sie, ihre Getränkegutscheine gegen Lunchpakete zu tauschen. Bevor der erste Durchgang des Tages begann, sprach sie jeden einzelnen Kampfrichterkollegen an und nannte ihren Wechselkurs. Manchmal übersah sie auch einen ungültigen Wurf, weil sie sich mit irgendwem noch hitzig über die Anzahl der Gutscheine stritt, die sie für ein Lunchpaket zu geben bereit war.

Wo meine Mutter ist, da wird gefeilscht.

An jedem Wettkampftag mussten meine Brüder und mein Vater mittags zum Sportplatz kommen, wo dann jeder ein Lunchpaket bekam. Dafür drückte meine Mutter Stoppuhren, maß Weiten und legte Latten auf. Für Weizenbrötchen mit reichlich Butter, Schinken, Käse oder Streichwurst, in durchsichtige Plastikbeutel verpackt. Für Rosinenbrötchen. Für Äpfel. Wir aßen alles gierig auf, zu Hause gab es an solchen Tagen nichts mehr.

Ich wurde U7-Vereinsmeister, da ich sowohl beim Ballwurf als auch über 600 Meter gewann. Bei diesem Lauf war meine Mutter fast die ganze Strecke auf dem Rasen neben der Bahn mitgelaufen. Die anderen Mütter machten große Augen, manche schüttelten mitleidig den Kopf. Doch davon ließ sich meine Mutter nicht beirren. Auf dem letzten geraden Stück jubelte sie ununterbrochen: »*Jaldi! Jaldi!*«

Das Siegertreppchen bestand aus drei orange lackierten Ölfässern unterschiedlicher Höhe. Als ich aufgerufen wurde, setzte lauter Applaus ein, der anhielt, bis meine Mutter zu klatschen aufhörte. Ich bestieg das höchste Ölfass und wartete auf den Wettkampfleiter. Er überreichte zuerst den beiden Jungen links und rechts von mir ihren Preis; ihre Namen liegen unter Tausenden anderen in den Tiefen des Vergessens. Dann blieb er vor mir stehen.

Mein erster Preis, mein erster Pokal. Vereinsmeister, U7 Jungen, 1987. Ich suchte den Blick meiner Mutter unter den Zuschauern und sah sie lachen und strahlen. Es war das erste Mal, dass ich sie glücklich sah, so wie andere Mütter es waren. Als hätte die Zeit einen Moment übersprungen, angestoßen von einer Sommerbrise.

Als ich bei ihr stand, erzählte sie jedem, dass ich mein Talent für Leichtathletik von ihr und ihren Schwestern geerbt habe. »Wir waren alle gute Leichtathletinnen«, sagte sie zum Wettkampfleiter. »Wir haben immer Pokale und Medaillen gewonnen. Barfuß!« Und schon zeigte sie ungefragt ihre schwieligen Fußsohlen vor. Niemals hätten andere Mütter so etwas getan, und wenn sie sich noch so sehr freuten.

In der Jericholaan musste ich meinen Pokal sämtlichen Nachbarn zeigen, alle sollten wissen, dass ich Vereinsmeister geworden war. Am nächsten Tag brachte meine Mutter mich zur Schule und bestand darauf, dass ich mit meinem Pokal von Klasse zu Klasse ging. Frau Bierenbroodspot, meine Lehrerin, die sonst sehr streng war, wagte nicht, Nein zu sagen. Etwas im Blick meiner Mutter wird sie gewarnt haben. Blutdurst.

In den folgenden Jahren gewann ich unzählige Preise, und immer wurden sie möglichst vielen Leuten gezeigt. *Show off*, ein typisch indischer Brauch. Ich erinnere mich an die vielen langen Autofahrten nach Wettkämpfen irgendwo in den Niederlanden. Sobald wir wieder in Rotterdam waren, rüttelte meine Mutter mich und meine Brüder wach, und wir mussten uns aufrecht hinsetzen, bereit für den Einsatz. Kam unser Haus in Sicht, rief sie: »Jetzt!« Mein Vater schlug auf die Hupe und durchfuhr wie befohlen die Jericholaan, später die Tiberiaslaan mehrmals in ganzer Länge. Bis alle Nachbarn uns gesehen hatten: meinen Vater, dessen Hand das Lenkrad umkrampfte, meine Brüder, die lächelten, meine Mutter, die winkte, als wäre sie die Königin, und mich, der die Medaille oder den Pokal aus dem Fenster halten musste.

Und dann stand eines Tages ein alter Mann in einem roten Anzug vor der Tür. Er hatte einen gepflegten Schnurrbart und stellte sich als Mister Kumar vor. Ich hielt ihn für einen Vertreter, der wahrscheinlich irgendwelche Wundertücher im Koffer hatte, und wollte schon die Tür schließen. Doch Mister Kumar zeigte auf das Emblem, das in Brusthöhe auf seinen Anzug gestickt war, ein goldfarbenes Wappen: *Athletics Federation of India*.

Kurz darauf saß Mister Kumar in unserem Wohnzimmer am Esstisch. Er hielt seine Teetasse mit beiden Händen fest und trank hin und wieder einen kleinen Schluck. Normalerweise wurde niemand ins Haus gelassen; Freunde, Bekannte, Kollegen meines Vaters mussten vor der Tür warten. Meine Mutter schämte sich für die Unordnung. Ihre Sammelwut hatte einen neuen Höhepunkt erreicht, als sie sich einer Ladung ausrangierter Abzugshauben erbarmt hatte. Bei uns zu Hause wurde eher ein Psychologe gebraucht als Wundertücher. Mister Kumar schien das Durcheinander nicht zu sehen, oder er empfand es als völlig normal, dass im Wohnzimmer ein regelrechter Turm aus Videorekordern stand. Vielleicht war seine Frau auch so unmöglich, vielleicht waren alle Inderinnen fanatische Hamsterer.

Meine Mutter sprach Hindi mit Mister Kumar. Nur hin und wieder mischte sie ein englisches Wort hinein: »*champion*«, »*javelin*«, »*free lunch*«. Ich wollte den Tisch verlassen, doch meine Mutter hielt mich zurück. Mister Kumar sei meinetwegen gekommen, erklärte sie.

»*All the way from Bombay*«, fügte der Vertreter des indischen Leichtathletikverbandes hinzu.

Ich lächelte. Mein Geburtsort.

Auch Mister Kumar wusste, dass ich in Bombay geboren worden war, nicht zuletzt deshalb hatte er sich herbemüht. Das begriff ich allerdings erst später.

Als der Tee getrunken war, gingen wir ins Obergeschoss hinauf. Meine Mutter zeigte Mister Kumar zuerst ihre eigenen Preise, die sieben Pokale auf ihrem Nachtschränkchen.

»*I remember*«, sagte Mister Kumar, während er den größten Pokal in die Hand nahm. »*Lucknow, 1957.*«

Meine Mutter nickte. Einen Moment glaubte ich Tränen zu sehen, aber es war ein Aufleuchten ihrer Augen, als würde sie durch den Staub und den Rost hindurch den glänzenden Pokal sehen, den sie als Mädchen hochgehalten hatte.

»Ich war die Schnellste unter Tausenden von Mädchen«, flüsterte sie.

»*On your marks, get set, go!*«, sagte Mister Kumar und zwinkerte ihr zu.

Ich wartete auf die Geschichte, die zu dem Zwinkern gehörte, aber Mister Kumar stellte den Pokal zurück, sorgfältig, genau auf das dunkle, staubfreie Viereck, als drücke er ein Siegel auf die Vergangenheit.

Wir gingen in mein Zimmer. Auf meinem Schreibtisch herrschte das Chaos. Überall lagen aufgeschlagene Bücher und Hefte, dazwischen Apfelkitsche und Schokoladenpapier. Ich war in der vorletzten Klasse des Gymnasiums, in zwei Wochen standen die ersten Vorprüfungen an. Ich musste mir noch fünfhundert Zeilen Altgriechisch einverleiben, aus den *Historien* des Herodot. Eine Aufgabe, vor der ich am liebsten geflohen wäre, auf den Sportplatz, doch meine Mutter hielt gewissenhaft Wache, keinen Moment ließ sie mich aus den Augen.

Mister Kumar steuerte geradewegs auf das Vitrinenschränkchen zu, das mein Vater extra für meine Medaillen und Pokale gebaut hatte, damit sie nicht verstaubten. Jedes Wochenende öffnete ich das Schränkchen und fügte eine neue Trophäe hinzu. Es war kaum noch Platz darin.

»*May I?*«, fragte Mister Kumar.

Ich nickte.

Er öffnete die Glastür und nahm eine schwere Medaille in die Hand. Sie war der erste Preis eines Wurf-Mehrkampfs in Gorinchem. Ich hatte mich allmählich auf drei der Wurfdisziplinen verlegt: Kugelstoß, Speerwurf und Diskuswurf. Besonders im Diskuswurf glänzte ich, die Weite, die ich in Gorinchem geworfen hatte, war neuer Platzrekord und hatte mich in der Rangliste des laufenden Jahres, 1998, recht weit nach oben katapultiert. Im Juli fand die Niederländische Meisterschaft in Amsterdam statt. Darauf freute ich mich wesentlich mehr als auf die Vorprüfung in Altgriechisch.

Mister Kumar nahm einen Pokal aus dem Schränkchen und hielt ihn sich nah vor die Augen; die glänzende Schale verzerrte sein Gesicht zu einer Karikatur mit riesigen Brauen. Er versuchte, die Inschrift auf der Metallplakette am Fuß zu lesen. Man hörte einige gutturale Laute, gefolgt von einem »*Most interesting*«. Der Pokal kam wieder an seinen Platz. Mister Kumar musste sich auf die Zehenspitzen stellen, um auch die größten Pokale auf dem obersten Brett betrachten zu können.

»*Very nice*«, sagte er. »*Very*, very *nice.*« Als würde er die Trophäen gerne kaufen wollen.

Ich erzählte die Geschichte hinter jedem einzelnen Pokal, nannte Datum, Ort, Disziplin. Mister Kumar nickte ununterbrochen und murmelte immer wieder Sätze auf Hindi. Das einzige Wort, das ich verstand, war »Bombay«. Mister Kumar schätzte meinen Geburtsort anscheinend sehr.

Dann sagte er: »*I want to make you a very special offer.*« Seine dunklen Augenbrauen schienen sich für einen Moment von ihrem Platz zu lösen und zu schweben.

Jedes Land hat dunkle Kapitel in seiner Geschichte oder ein Trauma, das es einfach nicht überwindet. Das größte kollektive Trauma Indiens war vielleicht die Leichtathletik. Den letzten Medaillenerfolg bei olympischen Leichtathletik-Wettkämpfen hatte Indien im Jahr 1900 in Paris zu verzeichnen gehabt, als Norman Pritchard zweimal Silber gewann, über 200 Meter und 200 Meter Hürden. Allerdings war Pritchard mütterlicher- wie väterlicherseits britischer Abstammung. Zählt man ihn nicht mit, ist die Ausbeute sehr spärlich, nämlich null.

Auch in anderen olympischen Sportarten brachte Indien nichts Großes zustande. Der einzige Sport, in dem das Land Erfolg hatte, war Hockey; insgesamt erkämpfte die Hockey-Nationalmannschaft der Herren elf olympische Medaillen, davon acht goldene. Auf die erste olympische Goldmedaille in einer Einzelsportart musste Indien bis zu den Spielen 2008 in Peking warten, als der fünfundzwanzigjährige Abhinav Bindra in der Disziplin Luftgewehr gewann, was ihn auf einen Schlag zum begehrtesten Junggesellen Indiens machte. Behauptet zumindest seine Mutter. Abhinav Bindras Gold verbesserte die olympische Gesamt-Medaillenbilanz Indiens auf achtzehn, auf die gleiche Anzahl kommt Usbekistan.

1,1 Milliarden Einwohner und so wenige Medaillen – es war wirklich ein Trauma. Und zugleich ein großes Rätsel. Einige Wissenschaftler brachten das Ausbleiben sportlicher Erfolge mit der Armut großer Teile der indischen Bevölkerung in Zusammenhang; Sport sei ein Luxus, den sich nur wenige leisten könnten. Aber Usbekistan sei doch ebenfalls arm, wandten andere Forscher ein; sie schrieben die Misserfolge hauptsächlich dem Körperbau der Inder zu, der sie bei Sportarten wie Judo, Leichtathletik, Schwimmen, Turnen, Rudern oder Ringen benachteilige. Letztlich eigneten sich Inder nur für gemütliche Sportarten wie Kricket, leider keine olympische Disziplin.

All diesen Deutungsmodellen zum Trotz gab die indische Nation die Hoffnung nicht auf. Eine Hoffnung, die auch durch eine Erklärung des Sportministers nach dem Debakel der Olympischen Sommerspiele 1996 – Ausbeute: eine Bronzemedaille – genährt wurde. »Indien besitzt sehr große Talente«, verkündete er im staatlichen Fernsehen. »Wir müssen nur gründlicher nach ihnen suchen.« Danach setzte eine regelrechte Treibjagd auf Talente ein, die bis heute andauert. Erst kurz vor Mister Kumars Besuch hatte das Sportministerium ein Projekt im Bundesstaat Tamil Nadu angestoßen, das dem Zweck diente, Schwimmer und Turnerinnen unter Fischern und Straßenartistinnen zu entdecken. Seiltänzerinnen wurden an Ort und Stelle rekrutiert, in der Hoffnung, bei den nächsten Olympischen Spielen vielleicht die Chinesinnen auf dem Schwebebalken zu übertrumpfen.

Vielleicht war Mister Kumar einer der ersten Abgesandten des Sportministers und reiste auf der Suche nach Talenten überallhin, sogar nach Rotterdam. Sein Plan sah vor, dass ich die indische Staatsbürgerschaft annehmen sollte, was dank meiner Mutter und meiner Geburt in Bombay möglich war. Dafür sollte ich eine Wohnung in Secunderabad ganz in der Nähe der Gymkhana Grounds bekommen, des Zentrums der indischen Leichtathletik. Außerdem sollte ein europäischer Toptrainer eingeflogen werden.

Mister Kumar schaute mich erwartungsvoll an. Er hatte schnell gesprochen, als wäre das Gold jetzt zum Greifen nah. Anscheinend sah er in mir den ersten Inder, der eine olympische Leichtathletik-Medaille gewinnen würde. Ein Besuch in der indischen Botschaft in Den Haag, mehr war nicht nötig. Vielleicht lag dort schon ein Pass für mich bereit.

Ich dachte an die Vorprüfung. Dies war meine Chance zu entkommen.

Doch meine Mutter hielt nichts von Mister Kumars Angebot. Sie schüttelte den Kopf und zeigte energisch auf meinen Schreibtisch, die aufgeschlagenen Bücher und Hefte. Ich durfte nicht weg, ich musste auf meine Mutter hören, musste altgriechische Verse pauken.

Mister Kumar redete laut auf sie ein, begleitet von wütenden Gesten. Er wollte sich seinen Traum nicht zerstören lassen. Den indischen Traum.

Von meiner Mutter kam keine Reaktion. Jedenfalls nicht sofort, nicht dort, nicht ohne Nudelholz in der Nähe.

Ich setzte mich an den Schreibtisch und nahm mir wieder einen Abschnitt aus den *Historien* vor, das Gespräch zwischen Solon und Kroisos über die Frage, wer der glücklichste von allen Menschen sei. Um die Vorprüfung würde ich nicht herumkommen.

Meine Mutter bedeutete Mister Kumar, sie zu begleiten. Sie verließen mein Zimmer und gingen die Treppe hinunter. Schnelle Schritte, gefolgt von schweren Schritten. Die Küchentür wurde geöffnet, und kurz darauf hörte ich meine Mutter wie eine Wahnsinnige brüllen. Kroisos war nicht der glücklichste aller Menschen. Mister Kumar ebenso wenig.

Als es dann fürchterlich polterte, rannte ich hinunter. Mister Kumar lag der Länge nach im Wohnzimmer; er war aus der Küche geflüchtet und gegen den Turm aus Videorekordern geknallt. Der Teppichboden war übersät mit Elektronikfragmenten und schwarzen Gehäuseteilen, die meine Mutter nun aufsammelte und in einen Plastiksack steckte, eine Lebensaufgabe für einen Reparateur in Indien.

Ich half Mister Kumar auf die Beine und führte ihn zur Haustür. Ich musste ihn stützen, denn er zitterte am ganzen Leibe. Meine Mutter sammelte unbeirrt weiter Videorekorderteile ein.

Schon halb draußen, ließ Mister Kumar noch einen unzusammenhängenden, pathetischen Monolog vom Stapel. Er sprach vom Queen Victoria Girls Inter College und der Familie Ahluwalia, von den Schwestern meiner Mutter. Ich dürfe mein Talent, das ich von meiner Tante Jasleen habe, nicht vergeuden. Ich solle nicht auf meine Mutter hören, wie Jasleen auf ihre Mutter gehört habe. Am Ende sagte Mister Kumar nur noch: »Jasleen, Jasleen, Jasleen.« Eine Schallplatte, auf der die Nadel immer wieder zurücksprang.

Wie ein geprügelter Hund schlich er davon.

Im Wohnzimmer waren alle Teile vom Boden aufgelesen und in einer Ecke wieder ein paar Rekorder aufgestapelt. Meine Mutter saß auf dem Sofa und starrte vor sich hin. Sie weinte leise. Ich blieb hinter ihr stehen, ohne mich zu rühren.

Nach einiger Zeit sagte sie: »Tante Jasleen ist eine angesehene Lungenärztin.« Dann schickte sie mich nach oben an meinen Schreibtisch.

Ich sprang die Treppe hinauf, ging aber nicht gleich in mein Zimmer, sondern ins Schlafzimmer meiner Eltern.

In der oberen Schublade des Nachtschränkchens, unter den Pokalen, lagen Fotos von früher. Von ganz früher, als es mich noch nicht gab.

Eines davon war ein Foto der vollzähligen Familie Ahluwalia, das Einzige, das die Zeiten überdauert hatte, das nicht verschollen war, nicht begraben unter Erde, Schlamm, Schutt und Scherben. Meine Mutter hatte es mir einmal gezeigt. »Das ist meine Familie. Das ist mein Vater, das meine Mutter, das sind meine Schwestern und Brüder. Und das bin ich.«

Ich fand das Foto ganz unten in der Schublade und nahm es mit in mein Zimmer. Zwei junge Männer waren darauf zu sehen, acht Mädchen, ein Mann mit weißem Bart und eine Frau, deren Zöpfe so lang waren, dass man sie zum Seilspringen hätte benutzen können: links ein Kind, rechts ein Kind. *Surr, surr, surr*.

Je länger ich das Foto betrachtete, desto mehr Tiefe bekam es, die traumartige Tiefe der Dinge in meiner frühen Kindheit. Als wäre ich doch nie ganz erwacht, nicht wirklich. Ein Mädchen lachte mich an. Glänzendes Haar, ein junges, hübsches Gesicht. Meine Mutter. Sie trägt die Uniform des Queen Victoria Girls Inter College, wie die beiden Mädchen neben ihr. Dunkle Kleider, weiße Kragen. Sie sind die letzten Kinder der Familie, die zur Schule gehen, die jüngsten. Ihre Augen funkeln wie Sterne.

Das Mädchen rechts von meiner Mutter ist Sitara, eine Schwester, deren Sohn eines Tages nicht mehr von der

Arbeit nach Hause kommen wird. Eines Tages, später, Zukunft und Vergangenheit.

Links von meiner Mutter steht Jasleen. Sie ist drei Jahre älter und vielleicht einen halben Zentimeter größer. Als Einzige schaut sie nicht in die Kamera. Als wäre sie mit den Gedanken woanders. Verträumt, wie ich. Dann drückt der Fotograf auf den Auslöser. Ein Blitz, eine weiße Wolke steigt auf.

Tante Jasleen war eine Ausnahme-Athletin. Sie war die schnellste von allen acht Schwestern und warf mit dem Diskus Weiten von nicht weniger als vierzig Schritten oder, wenn der Weitennehmer kurze Beine hatte, sogar fünfzig. Es kam auch vor, dass die Schritte von jemandem gezählt wurden, der nicht gut zählen konnte. Der Trainingsrekord von Tante Jasleen war deshalb die magische Weite von sechsundachtzig Schritten.

Im Diskusring war Jasleen Ahluwalia unschlagbar. Jedenfalls, wenn der Wind günstig stand. Das Talent von Tante Jasleen zeigte sich nur bei leichtem Gegenwind, auf dem der Diskus immer höher stieg, um erst nach einer endlosen Sinkphase wieder zur Erde zurückzukehren. Bei ungünstigem Wind – von hinten, von der Seite – oder gar keinem Wind glitt ihr der Diskus so unglücklich aus der Hand, dass er wie ein Suppenteller kippte und schon nach neun Schritten zu Boden fiel. Ein Rätsel, das niemand lösen konnte.

Es waren die Jahre kurz nach der Unabhängigkeit Indiens, die Leichtathletik steckte noch in den Kinderschuhen. Es gab keine Vereine, keine Plätze mit Aschenbahnen; man lief, sprang und warf auf harter, trockener Erde, auf der kein Gras wachsen wollte. Gusseiserne Kugel, Speer, Diskus, Wurfhammer, ein sonderbares Erbe der Briten. Was fing man damit an? Werfen, aber wie?

Meine Mutter war sehr gut im Kugelstoßen. Ihr Geheimnis: beide Hände nehmen.

Die Trainer am Queen Victoria Girls Inter College waren alte, pensionierte Lehrkräfte, die unorthodoxe Methoden bevorzugten. Jasleen Ahluwalia wurde von einer Frau trainiert, die auf die Verabreichung von Chili schwor. Roter Chili für Sprintdisziplinen, grüner Chili für Langstrecken. Manche Chilis waren so scharf, dass sie einen Elefanten abheben lassen konnten.

Einmal, als Jasleen beim 1000-Meter-Lauf als Erste durchs Ziel kam, rannte sie im gleichen Tempo weiter, zu den Toiletten. Viel hing von der richtigen Dosierung ab.

In jeder Saison fand ein Wettkampf gegen eine andere Schule statt, dann liefen, sprangen und warfen die besten Schülerinnen für die Ehre des Queen Victoria Girls Inter College. Vor jedem dieser Turniere wurde Jasleen für den Fünf- oder Siebenkampf ausgewählt. Sie konnte nicht nur schnell rennen und die Kugel weit stoßen, sondern auch sehr weit und hoch springen, zumindest für indische Begriffe.

Beim Hochsprung kannte man den Fosbury-Flop noch nicht, der erst Jahre später erfunden werden und sich noch später in Indien durchsetzen sollte. Nachdem Richard Douglas Fosbury bei den Olympischen Spielen 1968 die Latte rücklings überquert hatte, wurde seine Technik zwar sogleich von indischen Athleten imitiert, doch dabei kam es zu zahlreichen Unfällen mit Kopfverletzungen, Knochenbrüchen, manchmal sogar Querschnittslähmungen. Ein Kamikazesprung, der Fosbury.

Jasleen blieb dem Schersprung treu. Sie nahm sieben Schritte Anlauf und überstieg dann in der Luft das Seil, indem sie zuerst das rechte, dann das linke Bein gestreckt nach oben schleuderte. Es war die bei Weitem sicherste Technik, weil man auf den Füßen landete. Hinter dem Seil – eine Sprunglatte gab es bei diesen Schulwettkämpfen nicht – wartete keine weiche Matte, sondern eine mit Sand gefüllte Sprunggrube. Es war dieselbe wie beim Weitsprung.

Meine Mutter hatte eine Sprungtechnik entwickelt, bei der sie einen der Sprungständer, an denen das Seil befestigt war, als Stab gebrauchte. Beim Anlauf näherte sie sich dem Seil in einem Winkel von zwanzig Grad, griff nach dem Ständer, stieß sich ab und drückte sich dann mit Hilfe des Ständers übers Seil. Manchmal wurde sie disqualifiziert, meistens nicht. Vielleicht profitierte sie davon, dass der Stabhochsprung damals in Indien noch nicht allgemein bekannt war. Wahrscheinlicher ist jedoch, dass sie die Kampfrichter einschüchterte. In Indien

Kampfrichter zu sein war kein Zuckerschlecken. Manche der Hochspringerinnen drückten das Seil einfach mit der Hand nach unten, während sie sich hinüberschwangen, Mädchen, die später als Frauen ihre Ehemänner zur Verzweiflung treiben sollten, aber auch in jungen Jahren schon die Kunst des Rechthabens beherrschten.

Der Schulrekord wurde von Jasleen gehalten, eine Höhe, die der Haarlänge ihrer Mutter entsprach. In jeder Saison waren es zwei Zentimeter mehr, im Sommer sogar vier, dann wuchsen die Haare ihrer Mutter schneller.

Jasleens außergewöhnlichen Leistungen war es zu verdanken, dass ihre Schule gegen fast jede andere gewann. Egal, in welcher Region der Wettkampf stattfand, Jasleen stand auf dem Siegertreppchen. Es müssen die gleichen süßen Nachmittage gewesen sein, die später auch ich kosten sollte. Die untergehende Sonne, Durst und Genugtuung. Vollkommene Tage.

Jasleen und meine Mutter wurden für die Distriktmeisterschaft in Lucknow ausgewählt, bei der es nur individuelle Wertungen gab. Meine Mutter gewann mit ihrem Blitzstart den großen Pokal auf ihrem Nachtschränkchen. Jasleen gewann den Siebenkampf. Der Wind stand günstig, der Chili wurde richtig dosiert, das Haar ihrer Mutter hatte einen Wachstumsschub erlebt.

Die Sieger von Lucknow qualifizierten sich für die Meisterschaft des Bundesstaates Uttar Pradesh. Dabei beging meine Mutter dreimal hintereinander einen Fehlstart. Sie lief dennoch die gesamte Sprintstrecke und kam als Erste durchs Ziel, während ihre Konkurrentinnen noch in den Startlöchern standen. Nie zuvor war ihr Vorsprung so groß gewesen. Am Ende des Tages brauchte es acht Kampfrichter, um sie vom Siegertreppchen zu zerren. Jasleen dagegen durfte das Podest besteigen, sie hatte einen neuen Punkterekord aufgestellt und sich für die nordindische Leichtathletik-Meisterschaft in Delhi qualifiziert. Bei dieser Meisterschaft, zwei Monate später, wurden sämtliche Sprintwettkämpfe der Herren von Milkha Singh gewonnen. Dieses Wunderkind sollte 1960 in Rom der erste indische Leichtathlet sein, der bei Olympischen Spielen ein Finale erreichte. Er verfehlte dann um ein Haar den dritten Platz über 400 Meter. Näher war ein indischer Leichtathlet einer Medaille nie gekommen.

Bei der nordindischen Meisterschaft gewann Jasleen den Siebenkampf, ihr Name stand in allen Zeitungen. Das Lob, mit dem man Milkha Singh überhäufte, wurde auch Jasleen zuteil. Die gleiche Freude, die gleichen großen Worte. Jasleen und Milkha, die Hoffnungen der indischen Leichtathletik.

Doch im Gegensatz zu Milkha Singh sollte Jasleen niemals bei Olympischen Spielen antreten. Ihre Eltern schickten sie auf die Universität, ein Studium zählte mehr als Sport. »Eine Universitätsausbildung bringt dir ein Leben lang Gewinn«, erklärte ihre Mutter. »Ein Pokal verliert seinen Glanz und verstaubt.« Jasleen hörte auf ihre Mutter und wurde Lungenärztin.

Nie wieder sollte ihr Diskus vom Wind höher und höher getragen werden, um erst nach unzähligen Schritten wieder zur Erde zurückzukehren.

Mir erging es ebenso. Es wurde erwartet, dass ich nach dem Gymnasium entweder Wirtschaftswissenschaften, Jura oder Medizin studierte. Dann würde alles ganz von selbst gut werden. Ich hörte auf meine Mutter und entschied mich für ein Wirtschaftsstudium an der Erasmus-Universität Rotterdam. Doch ich dämmerte bald weg und tauchte ab in tiefere Regionen des Geistes. Ich sollte nie mehr erwachen.

Als ich eines Tages verkündete, dass ich Schriftsteller werden wollte, verbrannte meine Mutter auf der Terrasse einen schwarzen Müllsack. Wie sie es einst auch für Herrn Gerritsen getan hatte, den Mieter der Dachgeschossräume in der Jericholaan. »Fort mit dir, Geist!«, konnte ich sie rufen hören. »Böser Geist von Ernest, verschwinde!«

Sie wollte mich nicht mehr sehen. Sie schämte sich, einen Schriftsteller als Sohn zu haben, und sie schämt sich noch heute.

Aber dieses Buch ist keine Rache.

Ich würde sie so gern noch einmal »*Jaldi! Jaldi!*« rufen hören. Ihre Stimme, die über den Platz schallt, die Begeisterung, das jubelnde Glück.

Sie kommt jetzt nur noch von weither, aus den Tiefen eines Tagtraums.

## BEIM TOD VON OMA VOORST

Es gibt auch eine niederländische Verwandtschaft: Onkel und Tanten, Omas und Opas, Cousins und Cousinen. Charakteristisch für die Familie van der Kwast sind kahlköpfige Männer mit Schnurrbärten, Frauen ohne jeden Humor und Kinder, die sich für die Welt der Insekten interessieren. Nicht ein einziger Trunkenbold, kein einziger Künstler, keine einzige poetische Seele.

Ein gewisser Arie van der Kwast hat einmal seine Zeit mit dem Erstellen eines Stammbaums vertan, den man sich im Internet ansehen kann. Daran wachsen Namen wie Eugenia, Johanna und Helmerus. Ich stelle mir dabei strenge Menschen vor, die das Leben als eine Reihe von Pflichten empfanden. Sinnenfreude kam nicht vor oder war verboten. Auf jeden Fall ist unter ihnen kein einziger Exot, der das Leben besungen hätte. Nicht einmal das.

Der Stammbaum besteht aus einem kräftigen Stamm, der sich in glatte, gerade Äste und schließlich in eine bescheidene Anzahl von Zweigen teilt. Nirgends Wildwuchs und keine Pfropfung, rein von der Wurzel bis zu den Sprossen. Alle sind aus dem gleichen harten, weißen

Holz. Wer einen van der Kwast tanzen sieht, fühlt sich an einen Hampelmann erinnert. Nichts kann diese Hüften zum Schwingen bringen.

Und dann ist da plötzlich meine Mutter an einem der Zweige, der Stammbaum schwankt beängstigend, alte Äste knacken und klagen. Es liegt an den schweren Koffern, den kaputten Radios, den rostigen Fahrrädern. Johannas aus verschiedenen Jahrhunderten verlangen nach einer Axt.

Eine dieser Johannas ist meine Urgroßmutter, die Oma meines Vaters. Während des Ersten Weltkriegs heiratet sie einen Arzt; sie ist mehr als fünfzehn Jahre jünger als ihr Mann, ein Mädchen noch. Mehr lässt sich über ihr Leben nicht sagen. Als ich ihr zum ersten Mal auf den Schoß gesetzt werde, geht sie schon auf die Neunzig zu. Ich spüre ihre Knochen.

Meine Brüder und ich nennen sie Oma Voorst, weil sie in Voorst in einer Seniorenresidenz wohnt, in der wir sie seit einiger Zeit regelmäßig besuchen. Seit Oma Voorst an Demenz leidet, ist sie milder geworden.

Außer an ihre harten Knochen kann ich mich auch an ihr Haar erinnern. Nie zuvor hatte ich so weißes Haar gesehen, weißer als der Schnee, der im majestätischen Winter 1985 in gewaltigen Mengen gefallen war. Mehr als ein Jahrzehnt mussten wir auf den nächsten großen, weißen Winter warten, aber dann waren wir fast keine Kinder mehr. Man wächst ein wenig, und schon hat die Welt ihren Zauber verloren.

Es verging kein Monat, ohne dass wir nach Voorst fuhren. Ein weiter Weg, den wir mit unserem ersten Auto zurücklegten, dem roten, rostfleckigen Lada. Manchmal kamen zuerst nur dunkle Wolken aus dem Auspuff, und der Lada musste von ein paar Männern aus der Nachbarschaft angeschoben werden. Meine Mutter feuerte sie auf Hindi an, wie sie mich später bei Leichtathletikwettkämpfen im ganzen Land anfeuern sollte: »*Jaldi! Jaldi!*« Wenn der Motor endlich lief, hatten meine Brüder und ich schnell in den Wagen zu springen, und wir fuhren mit einem Brutzeln los.

Bei der Hinfahrt saßen wir zu dritt auf der Rückbank und spielten Spiele wie *Ich sehe was, was du nicht siehst*. Bei der Heimfahrt nach Rotterdam streckten wir uns an verschiedenen Stellen im Wagen aus: Johan auf dem Boden, Ashirwad auf der Rückbank und ich auf der Hutablage. Ich erinnere mich an die Farben des Himmels im Sommer, zitronengelb und feuerrot, violett und dunkelblau, und an die Geräusche des Motors und der Räder, wenn wir die Autobahn verließen. Das Gefühl, nach Hause zu kommen.

Meistens war der Kofferraum dann mit Sachen von Oma Voorst vollgepackt. Meine Mutter wollte uns schon einmal das Erbe sichern, die Konkurrenz schlief nicht. Jeder Besuch bei Oma Voorst begann mit einem Verhör.

Meine Mutter: »Wo ist die Kuckucksuhr?«

Oma Voorst: »Welche Kuckucksuhr?«

Meine Mutter: »An der Wand hing immer eine Kuckucksuhr.«

Oma Voorst: »An welcher Wand?«

Meine Mutter: »Johan fand die Kuckucksuhr so schön.«

Oma Voorst: »Wer ist Johan?«

Dann musste Johan vortreten, und Oma Voorst streichelte ihm übers Haar. Ich durfte immer dann nach vorn, wenn es um Silbergeschirr oder -besteck ging. Meine Mutter vermutete in mir schon früh einen Ökonomen.

Nach der Befragung war die Zeit für Tee und zähe Kekse gekommen. Wir Urenkel mussten Oma Voorst sagen, wie gern wir sie jeden Monat besuchten, während meine Mutter, eine große Tasche in der Hand, die altengerechte Wohnung nach Dingen absuchte, die Oma Voorst gut entbehren konnte.

Der größte Konkurrent war mein Großvater, Opa Luxemburg. Jedenfalls war meine Mutter fest davon überzeugt. Mein Opa hatte die Mutter meines Vaters für eine viel jüngere, blonde Frau verlassen, mit der er in Remich, einer luxemburgischen Kleinstadt an der Mosel, wohnte – und drei Kinder hatte. Diese zweite Brut hatte die Familie van der Kwast in zwei Lager geteilt, die nur noch wenig Kontakt miteinander hatten. Man darf es durchaus als Wunder bezeichnen, dass der Stammbaum nicht gespalten wurde oder umfiel. Hartes Holz.

Opa Luxemburg war der Sohn von Uroma, und meine Mutter behauptete, er habe Oma Voorsts Testament geändert, als sie ihre Geisteskräfte schon weitgehend eingebüßt hatte. Bei einem Besuch demonstrierte sie, wie einfach man eine Unterschrift von Uroma bekam.

»Oma Voorst«, sagte sie. »Würdest du wohl dies hier unterschreiben?«

Ein Blatt Papier wurde der alten Frau vorgelegt. Meine Uroma starrte es mit hochgezogenen Augenbrauen an. »Ich kann das nicht lesen. Wo ist meine Brille?«

Die Lesebrille hing an einem Kettchen um ihren Hals, doch das musste Oma Voorst nach Mutters Ansicht nicht unbedingt wissen.

»Du kannst hier unterschreiben«, erklärte sie und zeigte ihr die Stelle auf dem Papier.

»Wofür ist das?«

»Für später«, antwortete meine Mutter lächelnd.

»Dann ist es wichtig«, murmelte Oma Voorst und krakelte ihre Unterschrift.

Meine Mutter zog das Blatt schnell weg und sagte: »Du hast unterschrieben, dass wir deine Einbauküche bekommen.«

Einen Moment blickte Oma Voorst verdattert zu der Tür, hinter der die Küche lag, aber eine Minute später hatte sie die Schenkung schon wieder vergessen. Bei jedem Besuch wurde ihre Aufmerksamkeit von einer Rabenkrähe auf dem Balkongeländer beansprucht.

»Da ist mein Mann«, sagte Oma Voorst, als der schwarze Vogel auf ihrem Balkon landete. »Hallo, Liebling.«

Ich war noch in jenem Alter der Wunder, in dem man

alles glaubt, während Johan sich von Erwachsenen nichts mehr vormachen ließ. »Das ist ein Vogel«, sagte er.

Oma Voorst nickte. »Aber in dem Vogel ist mein Ehemann.«

Ashirwad drückte die Nase ans Fenster und starrte den Vogel fassungslos an.

»Ich sehe was, was du nicht siehst …«, sagte Johan, »und das ist ein Ehemann in einem Vogel.«

Es war meine Mutter, die einen Erklärungsversuch wagte. »Der Mann von Oma Voorst war früher Arzt«, erzählte sie. »Er war sehr reich und besaß eine Villa in Laren. Diese Villa wird nun laut Testament Opa Luxemburg bekommen. Um das zu verhindern, ist der Mann von Oma Voorst als Krähe zurückgekehrt.«

Weder Ashirwad noch Johan oder ich verstanden, wovon sie sprach.

»Das nennt man Wiedergeburt«, fuhr meine Mutter fort und erklärte, der Glaube daran sei in Indien völlig normal, und wir alle würden nach dem Tod zurückkehren, also als Mensch oder Tier oder Pflanze wiedergeboren werden, abhängig vom jeweiligen Karma. Der Mann von Oma Voorst jedenfalls sei als Krähe zurückgekehrt.

»Ich will nicht als was anderes zurückkehren«, sagte Ashirwad. »Ich bin glücklich als Ashirwad.«

Mein Vater beugte sich vor und flüsterte: »Ich glaube, es wird Zeit für die Heimfahrt. Sagt ihr Oma Voorst schon mal auf Wiedersehen?«

Wir gingen der Reihe nach zu unserer Uroma und

gaben ihr einen Kuss auf ihre weichen Wangen. Fast alles an Oma Voorst war unappetitlich, aber ihre Wangen waren wie Samt.

Meine Mutter hatte inzwischen das Fenster zum Balkon geöffnet und versuchte, die Rabenkrähe ins Wohnzimmer zu locken. »Schnell, Albrecht«, sagte sie. »Komm rein.«

Albrecht Johannes van der Kwast, so lautete der volle Name meines Urgroßvaters. Es stimmte, dass er Arzt gewesen war und mit Oma Voorst ein imposantes Haus in Laren bewohnt hatte. Er war lange vor meiner Geburt gestorben, an seinem Schreibtisch im Arbeitszimmer. Ein Herzinfarkt. So stirbt ein van der Kwast, ohne Heroik, ohne Applaus. Nicht im Rampenlicht, sondern zu Hause. Vor nicht allzu langer Zeit hatte noch ein gemaltes Porträt von ihm in Oma Voorsts Schlafzimmer gehangen. Ein mürrischer alter Mann, kahlköpfig, mit gewaltigem Schnurrbart.

»Komm, Albrecht«, rief meine Mutter. »Du musst die Sachen bewachen!«

Kurz danach stiegen wir in den Lada, der auf der Zufahrt der Seniorenresidenz geparkt war. Während der Wagen über den Asphalt sauste und der Lavendelhimmel langsam dunkler wurde, versank ich auf der Hutablage in einen Traum.

Beim Kampf ums Erbe meiner Uroma ging es um viel Geld, vor allem in Rupien umgerechnet.

So schwer vorstellbar es auch sein mag, Oma Voorst war vielleicht noch sparsamer als meine Mutter. Als ich das Grundschulalter erreicht hatte und meiner Urgroßmutter mein erstes Zeugnis zeigte, drückte sie mir ein Fünf-Cent-Stück in die Hand.

»Kauf dir davon ein Eis«, sagte sie. »Oder Pommes frites.«

Ungläubig starrte ich die dunkle kleine Münze auf meiner Handfläche an. In meinem Zeugnis hatte ich viermal zehn von zehn möglichen Punkten.

Wieder unternahm meine Mutter den Versuch einer Erklärung. »Oma Voorst hat den Krieg erlebt«, sagte sie. »Sie hat früher Blumenzwiebeln essen müssen.«

Ashirwad fragte Oma Voorst, ob Blumenzwiebeln gut schmecken. Es brachte ihm eine Ohrfeige ein. In manchen Momenten konnte Oma Voorst noch außerordentlich geistesgegenwärtig sein. Ein paar Jahre später hätte Ashirwad sie wahrscheinlich krankenhausreif geschlagen, doch damals ließ er sich noch von Mutter trösten. Sie flüsterte ihm etwas ins Ohr.

Krieg und lebenslange Sparsamkeit, wir kannten den kausalen Zusammenhang nur allzu gut. Ursache und katastrophale Folge. Meine Mutter hatte zwar keine Blumenzwiebeln gegessen, war aber von einer Ziege gestillt worden. Die Jahre danach waren kaum besser gewesen. Und nun drehte sie jeden Gulden dreimal um, obwohl sie, wie Oma Voorst, beinahe Millionärin war.

Meine Mutter und Oma Voorst, sie wären ein gutes Team gewesen. Beide schalteten auf der Toilette das Licht nicht an. Beide ließen die Waschmaschine nur nachts laufen. Sie kratzten nach jeder Mahlzeit die Töpfe aus, spülten mit kaltem Wasser und stellten im Winter den Thermostat nie höher als auf achtzehn Grad ein. Leider sollte Oma Voorst nicht mehr lange leben. Bis zum nächsten Zeugnis, um genau zu sein, doch dafür gab es kein Geld mehr. Nicht einmal einen Cent.

Ihre Demenz verschlimmerte sich, sie vergaß von Tag zu Tag mehr. Das Essen, ihren Namen, die Unterhose. Die Leitung der Seniorenresidenz wandte sich an Opa Luxemburg; so ginge es nicht mehr weiter. Eines Morgens war Oma Voorst nackt auf den Balkon getreten und hatte aus vollem Halse gerufen: »Albrecht, komm in mein Nest!«

Opa Luxemburg brachte seine Mutter sofort in einem Pflegeheim in Oosterhout, Nordbrabant, unter. Dort werde sie liebevoll versorgt, einschließlich des Anziehens von Unterhosen. Meine Mutter fand seine Entscheidung nicht richtig. Sie hatte keine hohe Meinung von der Altenpflege; von liebevoller Fürsorge könne in den Heimen kaum die Rede sein.

»Er schiebt seine eigene Mutter ab«, hielt sie meinem Vater vor, »damit er sich nicht mehr um sie kümmern muss. Sie wird da eingehen wie eine Primel.«

Mein Vater zählte äußerst vorsichtig die Vorteile eines Pflegeheims auf, doch meine Mutter war taub für seine Argumente. Das letzte Mal, dass sie ihn angehört hatte, war an jenem Tag gewesen, an dem sie endlich seinem Werben nachgab.

»In Indien gehen wir nicht so mit unseren Verwandten um«, rief sie. »Wir nehmen die Alten zu uns ins Haus und sorgen dort für sie. Wir behandeln sie mit Respekt und schieben sie nicht in ein Umlegeheim ab.« Zum ersten Mal gebrauchte sie dieses Wort. Es hätte ein Freud'scher Versprecher sein können, war es aber nicht. Auch danach sprach meine Mutter immer von einem »Umlegeheim«.

Die Gründe für Opa Luxemburgs Entscheidung sah sie vor allem in den finanziellen Vorteilen. Die Versicherung übernahm die Kosten der Unterbringung von Oma Voorst, bezahlte Bett und Windeln, Verpflegung und Pflege. Außerdem war in dem neuen Zuhause kein Platz für die Sachen aus der Seniorenresidenz. Oma Voorst lag in einem Zimmer zusammen mit drei anderen Leichnamen, die darauf warteten, dass der Tod ihnen ein friedvolleres Grab zu schenken geruhte. Ihr einziger Besitz waren ein rosa Nachthemd und eine Haarklammer, die ihre weißen Haare zusammenhielt. Alles andere war nach Luxemburg gebracht worden, natürlich zum großen Entsetzen meiner Mutter. Sie schrie Zeter und Mordio, als sie davon erfuhr.

Anscheinend hatte sie vergessen, wie Oma Voorst sich angestellt hatte, als sie einige Jahre zuvor bei uns in der Tiberiaslaan zu Besuch gewesen war. Weil es meiner Mutter leidtat, dass die alte Frau nur selten aus der Seniorenresidenz herauskam, hatte sie Oma Voorst für ein Wochenende nach Rotterdam eingeladen. Es war in der Zeit, als wir mit Lego riesige Raumschiffe bauten und Oma Voorst oft noch bei klarem Verstand war, wenngleich sie mit den Gedanken auch schon sehr weit weg sein konnte.

Weil es bei uns kein Gästezimmer gab, hatte meine Mutter im Wohnzimmer ein Bett aufgestellt. Ashirwad legte sein Kuscheltier auf Oma Voorsts Kissen und setzte sich vor dem Schlafengehen bei ihr auf den Bettrand. Sie drückte den Affen an sich und gab ihm einen langen Kuss auf den Mund. Damals roch das Plüschtier auch noch nicht nach der Umkleidekabine eines Rugbyvereins.

»Wie heißt er?«

»Bärchen«, antwortete Ashirwad.

»Es ist aber doch ein Affe.«

Ashirwad nickte.

»Warum nennst du ihn dann Bärchen?«

»Weil er so heißt.«

Oma Voorst zweifelte einen Moment an sich selbst, kam dann aber zu dem Schluss, dass es Ashirwad war, mit dem etwas nicht stimmte. »Morgen gebe ich dir eine Tablette«, sagte sie. »Im Altenheim nehmen die alle.«

Zum Glück erfasste Ashirwad die Bedeutung dieser Äußerung nicht. »Schlaf gut, Oma Voorst«, sagte er. »Schlaf gut, Bärchen.«

Sie küsste ihn auf die Stirn und legte sich dann richtig hin, um zu schlafen, das Kuscheltier neben sich. Bis dahin war also alles in Ordnung. Doch am nächsten Morgen hörten wir kurz nach Sonnenaufgang wütende Schreie aus dem Wohnzimmer.

Ich war der Erste am Bett von Oma Voorst.

»Lass mich gehen«, rief sie. »Lass mich frei!«

Ich wollte sie beruhigen, bekam aber ein Kissen ins Gesicht.

»Hilfe!«, schrie Oma Voorst, als auch meine Mutter am Bett erschien. »Noch ein Entführer!«

Erst am späten Nachmittag konnten wir Oma Voorst endlich davon überzeugen, dass wir keine Kidnapper, sondern ihre Verwandten waren. Der Umstand, dass wir sie nicht ans Telefon ließen, hatte unsere Bemühungen vermutlich nicht gerade befördert. Sie wollte die Polizei anrufen und den Ort beschreiben, an dem sie festgehalten wurde. Es drohte eine Freiheitsstrafe von mindestens zehn Jahren.

Der Besuch war also für alle höchst unerfreulich verlaufen, weshalb es auch kein zweites Mal gab. Eigentlich hätte die Erinnerung an dieses Wochenende den Entschluss von Opa Luxemburg, seine Mutter in einem Pflegeheim unterzubringen, in einem anderen Licht erscheinen lassen müssen, aber meine Mutter sah in Familienangelegenheiten grundsätzlich alles negativ. Vor allem, wenn die Familie van der Kwast hieß.

Schon wenige Tage nach ihrer Aufnahme besuchten wir Oma Voorst im Pflegeheim Oosterhout. Der rote Lada war inzwischen durch einen blauen Peugeot ersetzt worden, und obwohl der Wagen größer war, passte ich nicht mehr auf die Hutablage. Meine Beine waren zu lang geworden. Nie wieder würde ich die Welt mit Kinderaugen durch die Heckscheibe eines Autos sehen. Die Zeit ist grausam.

Im Pflegeheim roch es komisch. Der Geruch drang einem nicht nur in die Nase, sondern setzte sich auch in der Kleidung fest.

»So riecht der Tod«, sagte meine Mutter, ohne die beiden Alten zu beachten, die in Rollstühlen im Flur saßen.

Wir mussten uns am Empfang melden, wo uns eine Dame mit strenger Miene erwartete, die Arme vor der Brust verschränkt.

»Wir wollen zu Oma Voorst«, sagte Ashirwad.

Obwohl unsere Urgroßmutter nun in Oosterhout wohnte, nannten wir sie weiterhin Oma Voorst. Solche Gewohnheiten ändern sich nicht so schnell. Außerdem war uns während der fünfzig Kilometer langen Fahrt immer wieder erklärt worden, Oma Voorsts Aufenthalt in Oosterhout sei nur vorübergehender Natur.

»Ich habe keine Frau Voorst auf der Liste«, sagte die Dame am Empfangstresen.

»Das ist nicht ihr richtiger Name«, erwiderte meine Mutter.

»Ihr Mann ist in einem Vogel«, ergänzte Ashirwad, in

der Hoffnung, dass der Empfangsdame dann ein Licht aufgehen würde. Doch die runzelte die Stirn und schaute uns nun sogar leicht beunruhigt an.

Wo wir hinkamen, war die Verwirrung nie weit. Mein Vater sorgte für Klarheit, indem er Vor- und Nachnamen von Oma Voorst nannte. Kurz darauf waren wir unterwegs zu Zimmer H2-13. Beim Weggehen hatte meine Mutter allerdings noch ausgerufen: »Lächeln ist wohl zu viel verlangt in diesem Umlegeheim!«

Auch nach dieser Bemerkung lächelte die Empfangsdame nicht.

Oma Voorst murmelte im Schlaf. Unverständliche Wörter, für die Geister bestimmt, die sie in ihren letzten Träumen besuchten.

Ashirwad wollte sie wach rütteln, wurde aber von meinem Vater noch rechtzeitig daran gehindert. Wir sollten warten, bis Oma von selbst aufwache, sie brauche dringend Schlaf. Meine Mutter öffnete einstweilen die Schubladen des Nachtschränkchens, doch die waren leer.

»Nichts, nichts, nichts«, rief sie. »Alles in Luxemburg.«

Kaum hatte meine Mutter diesen Namen ausgesprochen, als Oma Voorst laut schreiend erwachte. Zuerst mussten ihre Augen sich ans Licht gewöhnen, doch dann musterte sie uns voller Feindseligkeit, deren Ursprung in Kriegserlebnissen zu liegen schien. Im nächsten Moment überschüttete sie uns mit den unflätigsten Beschimpfungen.

Wir trauten unseren Ohren nicht; die ganze Szene war äußerst unwirklich. Meine Eltern schauten Oma Voorst voller Mitleid an, aber meine Brüder und ich glaubten ein Gespenst zu sehen. Was die Zeit mit Kindern macht, ist nichts im Vergleich zu dem, was sie alten Menschen antut.

Das Geschrei hatte einen Pfleger alarmiert. Er drückte Oma Voorst aufs Bett zurück und zog eine fertige Spritze aus der Tasche.

»Eine Ratte in Delhi ist besser dran«, sagte meine Mutter.

Oma Voorst wurde ruhiger, für uns wurde sie wieder Oma Voorst, nur mit zitternden Händen und Tränen in den Augen. Ein verstörtes Tier. Mein Vater, ihr Enkel, strich ihr über die Stirn. Wir küssten sie nacheinander auf ihre samtenen Wangen. Es war meine Mutter, die das Schweigen mit einem indischen Schlaflied beendete, dem ewigen Wiegenlied. »*Chandaa maama door ke*«, sang sie leise. »*Puye pakaayen boor ke. Aap khaayen thaali mein, munne ko den pyaali mein. Pyaali gayi toot, munnaa gayaa roth …*«

Oma Voorst kehrte zu ihren Träumen zurück. Wie schön wäre es doch, wie gütig und gnädig, würden wir am Ende des Lebens das Gleiche sehen wie an seinem Anfang. Die alten, sagenhaften Wälder, wo es mehr Vögel als Tiger und mehr Früchte als Dornen gibt und wo in einem schattigen Versteck der Geist des Menschen schließlich verweht.

Der letzte Besuch fand drei Wochen vor dem Jahreswechsel statt. Johan und ich hielten auf der Rückbank unsere Winterzeugnisse in den Händen, Ashirwad hatte eine Zeichnung auf dem Schoß. Er hatte ein Ausmalbild von einem Schmetterling mit einem roten Stift bestrichelt. Beim Ausmalen innerhalb der Linien zu bleiben war auch keine Gabe, die er mit auf den Weg bekommen hatte. Aber er war so stolz auf seine Zeichnung wie Johan und ich auf unsere Zeugnisse.

Vor dem Eingang des Pflegeheims stand ein Weihnachtsbaum.

»Schade ums Geld«, sagte meine Mutter, als wir an dem mit reichlich Lametta behängten Baum vorbeigingen. »Die meisten hier erleben Weihnachten sowieso nicht mehr.«

Diesmal war Oma Voorst wach, als wir das Zimmer betraten. Sie saß aufrecht im Bett und erkannte uns anscheinend sogar. Als Verwandte, nicht als Kidnapper. »Theo«, sagte sie zu meinem Vater. »Mein kleiner, kahler Junge.«

Auch meine Brüder und mich hieß Oma Voorst herzlich willkommen, nur dass sie unsere Namen durcheinanderbrachte. Das hatte sie aber immer schon getan.

Nur meine Mutter wurde nicht begrüßt. Oma Voorst schaute einfach durch sie hindurch.

Wir hatten Obst mitgebracht, Äpfel, Bananen, Orangen und Weintrauben. Meine Mutter hatte sie am Vortag auf dem Markt gekauft. »Dann muss sie nicht verhungern«, hatte sie im Auto erklärt. Sie war fest davon überzeugt, dass man die Insassen des Pflegeheims verhungern ließ, damit dort niemand länger als einen Monat beherbergt werden musste. Deshalb legte sie auch den beiden anderen Frauen in Oma Voorsts Zimmer Obst aufs Nachtschränkchen.

Ashirwad setzte sich auf die Bettkante und zeigte unserer Urgroßmutter sein Ausmalbild. »Das hab ich für dich gemalt.«

Oma Voorst bedankte sich.

»Ein Schmetterling«, sagte Ashirwad.

»Wo?«, fragte Oma Voorst.

»Hier.«

»Das ist doch kein Schmetterling.« Einen Moment dachte ich, Oma Voorst würde Ashirwad wieder eine Tablette anbieten wollen, aber ihr Blick erstarrte. Sie schien in den roten Strichen auf dem Ausmalbild etwas Bösartiges zu erkennen.

Meine Mutter zog Ashirwad rasch vom Bett weg. Ängstlich starrte er auf seine Zeichnung.

Oma Voorst begann wütend zu schreien, es waren die gleichen wüsten Beschimpfungen wie beim vorigen Besuch, doch diesmal schienen sie an jemanden gerichtet zu sein. An meine Mutter.

»Na, na, ist ja gut«, sagte meine Mutter, um sie zu

beruhigen. Doch sie goss nur Öl ins Feuer. Aus Oma Voorsts Mund prasselten in endloser Folge Verwünschungen. Die Bedeutung der meisten entging mir, ich hatte nur auf Hindi schimpfen gelernt.

Schließlich rief Oma Voorst: »Dreckige Tandoorifresserin!« Es war der finale Paukenschlag, danach verstummte sie.

»Das hat ihr Opa Luxemburg beigebracht«, flüsterte meine Mutter. »Das Monster.«

Wir schwiegen ängstlich. Johan und ich hielten mit zitternden Händen unsere Zeugnisse fest. Unsere schönen Winterzeugnisse, die wir Oma Voorst zeigen wollten; sie würde uns fünf Cent geben, damit wir uns davon ein Eis oder Fritten kauften, fünf Cent, die mein Vater, wie er es immer tat, sobald wir draußen waren, um so viel ergänzen würde, dass es wirklich für ein Eis oder Fritten reichte.

Oma Voorst schien alles aus sich herausgeschrien zu haben. Sie saß nicht mehr aufrecht, sondern hatte sich hingelegt. Johan und ich spürten trotzdem beide, dass es nicht der richtige Moment war, mit unseren Zeugnissen vorzutreten.

Ein Pfleger erschien in der Tür. Ein anderer als voriges Mal, ein neues Gesicht.

Meine Mutter schickte ihn fort, es sei alles in Ordnung. Erstaunlicherweise hörte er auf sie. Er musste wache Instinkte besitzen.

Sie dauerte vielleicht nur einige Minuten, die Zeit der

Ruhe, des Waffenstillstands. Dann richtete Oma Voorst sich langsam wieder auf. Sie schien etwas zu suchen, denn ihre Hände tasteten die Unterseite des Bettes ab.

»Kann ich helfen?«, fragte Johan vorsichtig.

»Mein Beil«, murmelte Oma Voorst. »Wo ist mein Beil?« Da sie unterm Bett nichts fand, rief sie wütend: »Wer hat mein Beil gestohlen? Wer?!«

Das Kriegsbeil, in ihrem löcherigen Gedächtnis begraben, war auf wundersame Weise wieder zum Vorschein gekommen. Und jetzt gab es kein Halten mehr. »Kopf ab!«, brüllte sie mit aller Kraft, die ihre neunzigjährige Lunge hergab. »Kopf ab!«

Im Bett gegenüber richtete sich eine ausgemergelte Frau auf, blickte sich um und begann dann selbst zu schimpfen und zu fluchen. Bis dahin hatten wir von den anderen Frauen in Oma Voorsts Zimmer noch keinen Ton gehört, fast hätte man glauben können, dass sie gar nicht mehr lebten. Und nun schleuderte eine von ihnen alles aus sich heraus, was sich in langen Jahren aufgestaut haben musste. Alles Schmutzige, alles Schäbige.

Es war surreal: zwei Menschen mit Tourette-Syndrom in einem Raum. Ein Tennismatch mit Geschlechtsteilen und Exkrementen. Wenn ich irgendwo auf Niederländisch schimpfen gelernt habe, dann in dem Pflegeheim in Oosterhout. Das Gleiche gilt für meine Brüder. Ashirwad erntet noch heute die verbotenen Früchte dieser Lektion.

Als endlich der Pfleger zurückkam, wusste er nicht, wen er zuerst ruhigstellen sollte.

Meine Mutter nahm ihm die Entscheidung ab, indem sie auf Oma Voorst zeigte.

Drei Tage später war unsere Urgroßmutter tot; sie erlebte Weihnachten nicht mehr. Die Nachricht kam aus Remich. Mein Vater nahm den Anruf entgegen, meine Mutter stand gerade in der Küche, in der Hand ein Nudelholz, das sie kurz darauf nach Luxemburg zu werfen versuchte, das aber schon von der Stehlampe gestoppt wurde. So gab es in unserem Haus wieder einen kaputten Gegenstand mehr.

Beerdigt wurde Oma Voorst in Laren, wo sie nach drei Jahrzehnten wieder mit ihrem Mann vereint sein würde. Es war ein blasser Wintertag, an dem wir den blauen Peugeot bestiegen. Scharfer Wind, überfrierende Nässe.

Bis Gouda schwiegen wir. Dann musste Ashirwad seine Frage endlich loswerden. »Kehrt Oma Voorst auch als Vogel zurück?«

»Ich fürchte, nein«, antwortete meine Mutter und murmelte etwas über Oma Voorsts Karma.

»Als was denn dann?«

»Das weiß ich nicht.«

»Als Schwein?«, spekulierte Ashirwad.

»Vielleicht«, sagte meine Mutter, »vielleicht.«

»Oder als Ratte in Delhi?«

Mein Vater stieg aufs Gaspedal, wir wurden einen Moment gegen die Rückenlehne gepresst, der Peugeot begann zu wackeln. Dann ging die Geschwindigkeit wieder zurück.

Wir schwiegen erneut, diesmal bis zum Friedhof.

Ich erinnere mich an die Bäume am Eingang des Friedhofs. Linden im Winter. Ich erinnere mich an unsere Schritte auf dem langen Weg, an dessen Ende unsere Cousins aus Oudewater standen. Auch sie waren gewachsen, interessierten sich aber immer noch für die Welt der Insekten. Sie suchten unter den toten Blättern auf dem Boden nach Larven. Wir betrachteten einander wie Fremde. Eine Familie, es bedeutete nicht viel.

Alle waren gekommen, alle außer Oma Ulft. Die Mutter meines Vaters und Exfrau von Opa Luxemburg ließ sich zu den beiden Anlässen, die bisweilen die Familie noch zusammenführten, Beerdigungen und Hochzeiten, nicht mehr blicken. Ihr Name war noch in dem Stammbaum zu finden, das war aber auch alles. Sie konnte es sich wie meine Mutter nie verzeihen, dass sie einen van der Kwast geheiratet hatte.

Auch Onkel Herbert war nicht da, doch der kam ohnehin nie. Er durchstreifte das große Kanada, einen Rucksack auf den Schultern, einen Flachmann an den Lippen. Nachrichten von ihm trafen immer seltener ein.

Opa Luxemburg war natürlich anwesend. Er saß in der Trauerhalle in der ersten Reihe, neben ihm seine blonde zweite Frau. Auch die zweite Brut war mitgekommen, meine Onkel und meine Tante, die ungefähr im gleichen Alter wie ich waren. Sie tippten sich gegenseitig von hinten auf die Schultern, ein Spielchen, das wir selbst manchmal spielten. Ashirwad drehte sich fast immer um.

Ich entschlüpfte dem wachsamen Blick meiner Mutter und schlich nach vorn, Reihe für Reihe, und plötzlich stand ich vor meinem Opa. Er hatte eine Glatze und einen langen Schnurrbart mit hochgezwirbelten Spitzen. Seine Augen strahlten, er lächelte mich an. Das war nicht der mürrische Gesichtsausdruck von Oma Voorsts Mann auf dem Gemälde in ihrem Schlafzimmer, sondern ein richtiges Großvaterlächeln.

»Du musst Ernest sein«, sagte Opa Luxemburg.

Ich nickte.

»Weißt du, wer ich bin?«

Ich nickte wieder.

»Und wer bin ich?«

»Das Monster von Remich.«

Opa Luxemburgs Lächeln erstarb.

Das Monster von Remich, das seine Mutter in ein Umlegeheim gesteckt hat, so pflegte meine Mutter ihn zu nennen. Mein Vater hatte uns aber verboten, »Umlegeheim« zu sagen.

Weil Opa Luxemburg schwieg, fragte ich: »Wie kriegst du das hin, dass die Spitzen von deinem Schnurrbart nach oben zeigen?«

Die Antwort sollte ich nie zu hören bekommen, da meine Mutter mich plötzlich mit einem Ruck wegzog.

Sie schleifte mich zur hintersten Reihe, in der Johan und Ashirwad neben meinem Vater saßen. Ich wollte Johan ins Ohr flüstern, was ich erlebt hatte, wurde aber mit einem strengen »*Chup ho jao*« davon abgebracht.

Im Saal herrschte Schweigen. Es war eine merkwürdige Stille, eine Stille, wie ich sie noch nie gehört hatte. Nicht in der Schule, nicht in Mutters Gebetsraum im Dachgeschoss. Ich betrachtete den auf dem Podium aufgestellten Sarg, das billigste Modell im Katalog, behauptete meine Mutter, ein Sonderangebot. Ashirwad glaubte nicht, dass Oma Voorst darin lag.

»Ich sehe was, was du nicht siehst…«, murmelte Johan.

»*Chup!*«

Manche der Anwesenden tupften sich mit zerknüllten Papiertaschentüchern die Augen, auch meiner Mutter rollte eine Träne übers Gesicht. Meine Brüder und ich waren noch zu jung für solchen Kummer, er benetzte noch nicht unsere Wangen, sondern floss an uns vorbei.

Mehrere kurze Ansprachen über Oma Voorsts Leben wurden gehalten, auch von Opa Luxemburg. Aber niemand sagte etwas über ihre letzten Tage. Über die Balkonszene, das Geschrei, die prasselnden Verwünschungen. Über das am ganzen Körper bebende, verstörte Tier, das wir gesehen hatten. Zum Tod gehörten andere Geschichten, sanfte Worte, Erinnerungen aus Licht.

Alles lief glatt, alles blieb friedlich wie das Geschlurfe zum Grab. Niemand stürzte sich mit einem Beil oder

Nudelholz auf einen anderen. Ewige Ruhe senkte sich auf Oma Voorsts Sarg, als die Totengräber das Grab mit dunkler Erde schlossen. Tränen wurden vergossen, Blumensträuße abgelegt. Nicht anders, als es am Morgen bei Herrn Barendse gewesen war und wie etwas später Frau Ending der Erde übergeben werden sollte.

Und vielleicht wäre bis zuletzt alles gut gewesen, hätte Ashirwad nicht einen Niesanfall bekommen. Das erste Niesen hatte kaum Kraft, als wäre es nicht ernst gemeint. Ein harmloser kleiner Nieser. Doch bald folgten die vertrauten Explosionen, und Ashirwad besprühte die gesamte Familie.

Ich hörte meinen Vater fluchen.

»Das mache nicht ich «, sagte mein Bruder zu einer angeheirateten Tante, die seinen Rotz am Ohr hatte, »das macht das selbst.«

»Schnell«, schrie die Tante, »ein Taschentuch!«

Meine Mutter nutzte das Durcheinander, um zu Opa Luxemburg zu gehen, über das frische Grab hinweg. Ich sah, wie sie ein zusammengefaltetes Blatt aus ihrer Tasche zog. Sie faltete es auf und hielt es meinem Großvater vor die Nase. Völlig perplex starrte er auf das Papier.

»Die Einbauküche«, rief meine Mutter. »Wir haben Anspruch auf die Einbauküche!«

Opa Luxemburg schüttelte den Kopf und wollte sich umdrehen, wurde aber von meiner Mutter festgehalten.

»Sie hat unterschrieben!«, schallte es über den ganzen Friedhof.

Eigentlich hatte der Tod Oma Voorst ein friedliches Grab beschert, doch über diesem Grab war von Frieden wenig zu spüren. Meine Cousins aus Oudewater erklärten, erst im Frühjahr werde Oma Voorst von Maden und Würmern zerfressen werden. Erst danach würde sie endgültig Ruhe haben.

Ich hoffte auf einen kurzen, milden Winter.

## DER MANN MIT DEM VOLLBART

Kurz nachdem meine Mutter in die Niederlande kam, verschwand Onkel Herbert nach Kanada. Es liegt nahe, hier einen kausalen Zusammenhang zu vermuten, eine Begegnung, eine Dose Katzenfutter. Aber meine Eltern lernten sich erst drei Jahre später kennen; anscheinend ist Onkel Herbert also rein zufällig gleich nach der Ankunft meiner Mutter ausgewandert.

Onkel Herberts Koffer enthielten keine Armbänder, Halsketten und Ohrringe, er hatte sie mit alten Prospekten und Zeitungen vollgestopft. Insgesamt vierzig Kilo. Er wollte den Eindruck erwecken, jemand von Bedeutung zu sein, jemand mit viel Besitz.

Onkel Herbert flüchtete aus seinem Land, aus einem Milieu der Engstirnigkeit und der mehligen Kartoffeln. Nach seinem mittleren Schulabschluss hatte er die Landwirtschaftsschule in Alkmaar besucht, aber nicht bis zum Examen. Onkel Herbert hatte andere Pläne. Große Pläne.

»*Business*«, antwortete er den kanadischen Grenzbeamten, als sie ihn nach den Gründen für seine Einreise fragten. Und er zeigte die Papiere vor, die er sich in den

Niederlanden besorgt hatte. Pass und *work permit*. Niemand bat ihn, die Koffer zu öffnen, alles war in Ordnung.

Schon ein Jahr zuvor war Onkel Herbert in Kanada gewesen, im Rahmen eines Austauschprogramms der Landwirtschaftsschule. Er hatte auf einer Farm in New Brunswick gearbeitet, bei Farmer Jake. Bei ihm hatte er die Sprache gelernt, das Arbeiten, das Schwitzen – und das Träumen. Farmer Jake hatte ein Stück Land erworben, von dessen Ertrag er weiteres Land kaufen wollte, und vom Ertrag des neuen Landes noch mehr Land, immer mehr Land, bis er steinreich sein würde.

Ein halbes Jahr blieb Onkel Herbert in New Brunswick, Monate, die ihn für sein ganzes späteres Leben prägen sollten. Wieder in den Niederlanden, fühlte er sich eingesperrt, gefangen im System. In den vier Wänden der Klassenräume konnte er sich nicht mehr konzentrieren; während die Lehrer redeten, träumte er sich weg. Er sehnte sich nach der Weite Kanadas, nach dem Land, in dem alles möglich war.

Opa Luxemburg, damals in Zutphen und noch kein Opa, hielt nichts von den Plänen seines Sohnes. Er sollte die Landwirtschaftsschule abschließen und dann an der Hochschule für Lebensmitteltechnologie in Bolsward studieren. In der Familie war kein Platz für Abenteurer. Lernen, studieren, darauf kam es an, außerhalb der Bibliothek hatte der Mensch nichts zu suchen.

Onkel Herbert hörte nicht auf seinen Vater. Eines frühen Morgens im Juni war er verschwunden, ohne ein Wort, ohne ein Winken. Im Haus fehlten zwei Koffer, mehr schien er nicht mitgenommen zu haben. Als eine Woche später der Altpapierabholer vor der Tür stand, musste man ihn mit einem spärlichen Stapel enttäuschen, aber niemand kam auf die Idee, dass Herbert all die Zeitungen mitgenommen haben könnte. Wer machte so etwas? Wer überquerte den Ozean mit zwei Koffern voller Altpapier?

Vielleicht gibt es ja doch noch einen van der Kwast mit einer poetischen Seele. Auch Onkel Herbert hatte eine Glatze und einen Schnurrbart, aber davon abgesehen keine Ähnlichkeit mit seinen männlichen Blutsverwandten. Er konnte im nassen niederländischen Kleiboden keine Wurzeln schlagen. Nirgendwo schlug er Wurzeln. Seine Biografie, das sind vor allem die Löcher, die Lücken, die leeren Zimmer, die kahlen Ebenen.

Immer befürchtete meine Mutter, ich könnte wie Onkel Herbert werden. Ein Schmarotzer, ein Vagabund. Das schwarze Schaf der Familie. Und immer war es mein heimlicher Wunsch, auf den Spuren von Onkel Herbert zu wandeln. Weite Schritte auf langen Wegen, weiter und weiter weg von der bewohnten Welt.

*Business.* Dafür emigrierte Onkel Herbert 1969 nach Kanada. Einen konkreten Plan hatte er nicht, brauchte er auch nicht. Es gab mehr als genug Möglichkeiten. Seinen Freunden und Mitschülern hatte er versichert, dass er Millionär werden würde, doch sie hatten nur den Kopf geschüttelt. Engstirnigkeit, mehlige Kartoffeln. Auch ohne ihre Billigung würde er Millionär werden. Nur vom Flugzeug aus würde man all das Land, das ihm gehörte, überblicken können.

Der erste Ort, an dem Onkel Herbert Station machte, war Petrolia, Lambton County, Ontario. Eine Kleinstadt mit fünftausend Einwohnern, einer Highschool und fünf Kirchen. Vor mehr als einem Jahrhundert hatte James Miller Williams dort Öl gefunden. Eine schwarze Fontäne, die aus der Erde schoss, der Beginn der Ölindustrie in Nordamerika. Glücksritter vom ganzen Kontinent überschwemmten den Ort, überall wurde gegraben und gebohrt. Noch heute wird auf denselben Flächen Öl gefördert, ein Perpetuum mobile von Nickeseln.

Onkel Herbert setzte seine Koffer vor dem größten Bürogebäude der Gegend ab und klopfte an. Als ein dicker Mann die Tür öffnete, streckte er ihm die Hand entgegen und stellte sich als Herbie vor. So hatte Farmer Jake ihn genannt, so sollte er in Kanada durchs Leben gehen. Herbie van der Kwast, *businessman*.

Er berichtete, woher er kam, und erklärte, er habe gehört, dass man in Petrolia auf Unternehmer mit einer Vision warte, mit großen Plänen.

»*I'm your man*«, schloss Onkel Herbert.

Der dicke Mann antwortete nicht gleich. Es war das erste Mal in seinem Leben, dass ein kahlköpfiger Mann mit Schnurrbart »*I'm your man*« zu ihm sagte. Er dachte an einen Artikel im *Petrolia Topic* über lockere Sitten in Amsterdam. Unwillkürlich schloss sich seine Hand um den Türknauf, als er entgegnete, die einzige freie Stelle sei die einer Sekretärin, drei Tage pro Woche.

Onkel Herbert dankte dem Mann für seine kostbare Zeit, nahm die Koffer voller Zeitungen und ging zu einem anderen Bürogebäude, weniger breit, weniger hoch, doch auch dort traf er auf einen Mann, der ihn mehr als verwundert musterte. Onkel Herbert verzagte nicht, nahm die Koffer und ging von einem Büro zum nächsten. Überall bekam er aber das Gleiche zu hören. In Petrolia war kein Geld zu verdienen.

Onkel Herbert kam zu spät, mehr als ein Jahrhundert. Vielleicht fehlte ihm die Überredungskunst meiner Mutter. Oder ihr Nudelholz.

Der Einzige, der ihm Arbeit bot, war ein calvinistischer Getreidefarmer, dessen Land bis in die unmittelbare Nähe der Stadt reichte. Die Ernte stand vor der Tür, Onkel Herbert konnte sofort anfangen.

»*I'm your man*«, sagte er voller Tatendrang. Ein Zeitungsjunge konnte Millionär werden, warum also nicht der Knecht eines Getreidefarmers? Eines Tages würde man über ihn schreiben, über die unglaubliche Karriere des Herbie van der Kwast.

Ich schreibe diese Geschichte jetzt auf, weil niemand sonst es tut, weil niemand sonst sie kennt. Ich selbst kenne sie auch nicht vollständig, kenne nicht alle Einzelheiten, alle Fakten, das ist aber auch nicht notwendig. Die Umrisse sind es, die das Charakteristische eines Lebens ausmachen. Und im Geist entstehen innerhalb dieser schwarzen Linien Details. Eine Farm, ein Traktor, Telefonmasten auf dem Land.

Der Farmer stellte Onkel Herbert ein kleines Zimmer unterm Dach zur Verfügung und gab ihm einen Jeans-Overall mit messingfarbenen Schnallen und Knöpfen. »*Strictly for workmen*« stand auf einem Schildchen auf Brusthöhe.

An sechs Tagen pro Woche saß Onkel Herbert auf einem Mähdrescher, in der sengenden Sonne, ringsum Getreide bis zum Horizont. Wenn ich die Augen schließe, kann ich ihn sehen. Glücklich und weit weg. Allein. Und es ist, als würde meine Fantasie mich an die Hand nehmen, mich hinter sich herziehen bis zu jenen goldenen Feldern. Das Rattern der Haspel. Eine gelbe Wolke aus Schnipseln, Vögel, die hinter dem Mähdrescher in der Erde picken. Sie erschrecken nicht, als ich über das gehäckselte Stroh gehe. Ein Gefühl des Freiseins, des Verschwindens. Wenn Onkel Herbert sich umdreht, sieht er die Bahn, die er im Getreide hinterlässt. Eine Spur, die am Ende des Tages verschwunden sein wird. Ich will ihm zuwinken, aber ich bin unsichtbar, ein Schatten der Fantasie.

Am siebten Tag läuteten die Kirchenglocken, und Onkel Herbert wurde aus dem Bett geholt. Der Farmer und seine Frau besuchten den Sonntagsgottesdienst, und er musste sie begleiten. Auf der hölzernen Bank hörte er eine Predigt über den Weg, den Jesus dem Menschen gewiesen habe und den ein jeder beschreiten müsse. Der Farmer und seine Frau nickten, Onkel Herbert kaute auf den Fingernägeln. Die Kirche erinnerte ihn an die Klassenräume in Alkmaar; während der Pfarrer redete, träumte er sich weg.

Drei Sonntagsgottesdienste später war die Ernte eingebracht. Der Farmer hatte plötzlich einen anderen Gang, gelassener. Das Land war kahl und dunkler als zuvor. Das Leben spielte sich zunehmend in der Halle mit den Maschinen ab, denn die mussten gewartet werden. Onkel Herbert lernte die Funktionsweise der Motoren kennen. Tage aus Öl und Schmierfett und bleischweren Werkzeugen. Die beiden hatten schwarze Hände, schwarze Gesichter, steife Rücken.

Wenn der Abend hereinbrach, saß Onkel Herbert erschöpft unter einem Baum und betrachtete den Himmel. Er brachte sich selbst bei, was bestimmte Wolken oder eine plötzliche Änderung der Windrichtung bedeuteten. Er war ein Mann, der die Namen von Maschinenteilen kannte und das Wetter vorhersagen konnte.

Die Sonntage verbrachte man drinnen. In der Kirche mit den Holzbänken und anschließend bei Nachbarn und Bekannten. Der Farmer und seine Frau nahmen Onkel Herbert zu anderen Gemeindemitgliedern mit, deren Lebensweg so gerade wie die Falten in ihrer Kleidung war. Sie hofften, dass er einer Frau begegnen und mit ihr ein gemeinsames Leben aufbauen würde. Denn sie betrachteten ihn als ihren Sohn, als das Kind, das sie selbst nicht hatten bekommen können, das Gott ihnen verwehrt hatte.

Sonntag für Sonntag machten sie Besuche, immer in ihren besten Sachen. Onkel Herbert trank Tee und lauschte dem endlosen Geklimper der Löffelchen. Oft saß er zwischen dem Farmer und seiner Frau auf dem Sofa, während links in einem Sessel die Gastgeberin saß, rechts ihr Ehemann und in der Mitte, Onkel Herbert genau gegenüber, die Tochter. Ein noch nicht zwanzigjähriges Mädchen, sehr selten hübsch, fast immer unansehnlich: buschige Brauen, Pferdegebiss. Wenige Einwohner, eine geschlossene Gemeinschaft, Inzucht.

»Möchte noch jemand Plätzchen?«, lautete die am häufigsten gestellte Frage der Gastgeberinnen.

Als ein Jahr vergangen war, machte der Farmer Onkel Herbert ein Angebot. Er hatte dabei Tränen in den Augen. Onkel Herbert sollte sein Kompagnon werden, damit er später den Betrieb übernehmen konnte: das Land, die Maschinen, die Gebäude.

Der Farmer zeigte auf seine goldenen Felder. Alles für seinen »Sohn«.

Onkel Herbert verschwand, wie er aus Zutphen verschwunden war, ohne ein Wort, in jeder Hand einen Koffer. Ich höre seine Schritte in der Nacht, am blauen Morgen. Er ist allein auf der Straße, ein Schatten unter den Sternen. Ein Mann, der nicht heiraten und keine Kinder haben will. In der Ferne sickert Licht in den neuen Tag, in einer Stunde werden der Farmer und seine Frau aufwachen und auf Schritte über ihren Köpfen warten, das Knarren der alten Dielenbretter. Vor einer T-Kreuzung stellt Onkel Herbert seine Koffer am sandigen Straßenrand ab. Es gibt zwei Möglichkeiten, aber so oder so wird ihn das Auto, das anhält, durch ein Land der ungezählten Möglichkeiten mitnehmen. Ich sehe ihn zum Horizont starren und kurz danach in einen weißen Pickup steigen. Die Reifen wirbeln beim Anfahren Sand auf.

Die erste Lücke in seiner Biografie umfasst drei Monate. Vielleicht taucht Onkel Herbert als *businessman* in Hamilton auf, vielleicht stellt er seine Koffer in einem Motel in Markham, Peterborough oder Belleville ab und verschwindet tagsüber in einer Fabrik für Tornadowarnsirenen. Eintönige Arbeit, Ein- und Ausstempeln.

Zu Hause in Zutphen wartete man auf einen Brief, ein Lebenszeichen, und hegte die stille Hoffnung, dass er eines Tages zurückkehren, dass er plötzlich vor der Tür stehen würde. Ein Sohn, ein Bruder, ohne Mantel im Winter.

Das Telefon klingelte in der Nacht. Eine sehr weit entfernte Stimme, wie in einem Traum. »Herbert?«, fragte Opa Luxemburg. »Bist du das?«

»Ich bin in Ottawa«, rief Onkel Herbert. Er stand in einer Telefonzelle in der Wellington Street, Autos rasten vorbei. Es war Abend, Essenszeit, die Leute wollten nach Hause. »Ich habe eine Stelle«, sagte er. »In einem

Labor.« Er berichtete, dass er als Milchwirtschaftlicher Laborant Milch und Milchprodukte auf Bakterien untersuche. Eine Vollzeitstelle, alle zwei Wochen ein *paycheck*.

Dann wurde die Verbindung unterbrochen. Das Telefon hatte Onkel Herberts Münzen geschluckt. In den Niederlanden wurde der Hörer noch lange in der Hand gehalten, obwohl nichts anderes mehr zu hören war als ein Rauschen aus unterirdisch verlegten Kabeln.

Ottawa, in Luftlinie fast sechshundert Kilometer nordöstlich von Petrolia. Das an der Landwirtschaftsschule erworbene Wissen reichte aus, um Proben nehmen und Tests durchführen zu können. Dicke Brille, langer, weißer Kittel, ein Leben in geschlossenen Räumen, aber anonym, ohne Erwartungen anderer, ohne weitere Verpflichtungen. Er konnte jederzeit seine Koffer packen und verschwinden. Nichts band ihn an Ottawa.

Er hatte keine Zimmerpflanzen, keinen Hund, keine Wäscheleine.

Eines Tages riet ihm ein Kollege, in Termingeschäfte zu investieren. Oder hatte ihn ein Zeitungsartikel darauf gebracht? Vielleicht hatte auch nur der Hotdog-Verkäufer in der Elgin Street davon gesprochen. Onkel Herberts Quellen waren oft dubios. Er glaubte nicht an Transparenz, sonst hätte ja jeder Millionär werden können.

So kam es, dass Onkel Herbert sein Geld in landwirtschaftliche Termingeschäfte investierte. Weizen, Mais, Mastschweine, Kartoffeln. Gewaltige Mengen, *bushels*, Hunderte Tonnen. Bei steigenden Preisen ein Bombengeschäft, innerhalb weniger Monate erwarb Onkel Herbert auf diese Weise ein kleines Vermögen. Die Gewinne steckte er in neue Termingeschäfte und die Gewinne daraus wieder in neue, größere Termingeschäfte, und so weiter, bis er reich sein würde.

Herbie van der Kwast, *businessman*.

Er wurde reich. Wenn auch nur für kurze Zeit, einen flüchtigen Moment.

In diesem flüchtigen Moment kaufte er Häuser und Gewerbeimmobilien und eröffnete ein großes Fischgeschäft: 789 Somerset Street West. Heute in Chinatown, der *Ha Long Fish & Seafood Market*. Aber früher einmal *I'm Your Fish*, geführt von einem kahlköpfigen Mann mit Schnurrbart. Onkel Herbert, im grünen Kittel, verkaufte tagesfrischen Fisch aus dem Ottawa River, Karpfen, Zander, Aal, Wels. Er arbeitete von morgens früh bis abends spät und stank sieben Meilen gegen den Wind. Nie zuvor hatte ein van der Kwast ein Fischgeschäft gehabt, nie zuvor hatte irgendein Familienmitglied lebende Aale verkauft, aber vielleicht war dafür eine poetische Seele unentbehrlich.

Der Bankrott kam blitzschnell. Es war die Kartoffel, die den Untergang einläutete. Nicht die mehlige niederländische Sorte, sondern die robuste kanadische *Hunter*. Einhundert Tonnen, deren Preis plötzlich im freien Fall war. Der Mais folgte, dann der Weizen. Nur die Mastschweine brachten Gewinn, konnten Onkel Herbert aber nicht mehr retten. Er verlor seine Häuser, seine Gewerbeimmobilien, seinen Fisch und seinen grünen Kittel. Der einzige Besitz, der ihm blieb, waren die beiden Koffer. Mit ihnen verschwand er in die Nacht.

Die zweite Lücke ist größer. Jahre des Schweigens, der Zurückgezogenheit. Dünne Luft, Schritte im Schnee. Ich stelle mir ein Häuschen in Alberta vor, in Swan Hills, Canmore oder Hinton. Orte am Rande der Wildnis, im Winter vierzig Grad unter null. Onkel Herbert trinkt dampfenden Kaffee aus einem Becher. In der Küche steht eine Frau, sie ist klein und hat eine durchscheinende Haut. Sie führt ein Tagebuch, im Bett ist sie beherrscht, sie kann sich nicht gehen lassen, immer bleiben Hemmungen, Zurückhaltung. Niemals schlafen sie ein, während sie sich noch umarmt halten. Morgens wacht die Frau vor Onkel Herbert auf und versucht, in seinem Gesicht zu lesen. In den Linien um seinen Mund forscht sie nach Anzeichen von Erlösung, von Glück, doch sie sieht jeden Tag das Gleiche: nichts.

Im Sommer repariert Onkel Herbert Dächer, ich sehe ihn mit nacktem Oberkörper, einen Hammer in der Hand. Sie gibt Klavierstunden, ihre Schüler sind Kinder, die kein Gefühl für Musik haben.

Sie wartet – auf den Tag, an dem er fortgehen wird. Sie weiß es, hat es immer gewusst. Seit dem Tag, an dem er mit seinen Koffern ihr Haus betrat. Aber man will der Sache eine Chance geben, man will daran glauben. Auch Onkel Herbert. Jeder. Wider besseres Wissen halten wir einander fest.

Jahre vergehen, sechs oder sieben Winter, lang und streng. Dann, im Frühling, lassen sie sich los. Sie schweigen, es gibt nichts zu sagen. Das einzige Geräusch: seine Schritte auf dem nassen Weg. Er folgt dem Wind und verschwindet.

Die Frau putzt das ganze Haus, sie wäscht die Bettlaken, die Teppiche, die Vorhänge. Die Handtücher, die er benutzt hat, wirft sie weg. In ihr Tagebuch schreibt sie: »Ich hoffe, dass jetzt mein Leben anfängt.«

Die Lücke wird von einem Großonkel geschlossen. Willem van der Kwast, hölzerne Hüften, Glatze, Schnurrbart, das Komplettpaket. Nur ein Spleen unterschied ihn vom Rest der Familie: In jeder Stadt suchte er im Telefonbuch nach seinem Nachnamen. In Groningen, Löwen oder Hamburg, aber auch in Vancouver. Und so spürte er während einer Geschäftsreise Herbert van der Kwast auf, einsam und allein an der Westküste Kanadas.

Mein Großonkel riss die Seite aus dem Telefonbuch und fuhr mit dem Taxi zu Onkel Herberts Wohnung, auf der zweiten Etage eines heruntergekommenen Hauses in der Clyde Avenue, West Vancouver. Niemand öffnete, aber eine Nachbarin war so freundlich, Willem van der Kwasts Fragen vom Fenster aus zu beantworten.

»*Herbie is strange*«, rief sie. »*He never says hello.*«

Willem van der Kwast erfuhr dreierlei: dass Onkel Herbert keine Frau hatte, dass er mit Pennystocks handelte und dass er Pfeife rauchte.

Mein Großonkel setzte sich auf eine Bank gegenüber vom Haus und wartete bis zum späten Abend, doch Onkel Herbert erschien nicht. Vielleicht hatte er Willem auf der Bank sitzen sehen und war von seinem charakteristischen Äußeren in die Flucht geschlagen worden.

»*Maybe he's dead*«, rief die Nachbarin im Nachthemd und löschte dann das Licht.

Mit der herausgerissenen Telefonbuchseite flog Willem van der Kwast in die Niederlande zurück und unterrichtete die Familie von seiner Entdeckung.

»Pfeife?«, fragte man in Remich, in Rotterdam und in Oudewater.

Niemand in der Familie rauchte, niemand in der Familie kannte jemanden, der Pfeife rauchte. Das hatte sich durch Onkel Herbert nun auf einen Schlag geändert. Welche Evolution würde die Familie van der Kwast sonst noch erleben? Hatte Onkel Herbert etwa biegsame Hüften, konnte er tanzen wie Elvis?

Einige Monate später gelang es meinem Vater, seinen Bruder in Vancouver aufzuspüren. Ashirwad war schon geboren, Johan träumte in der Gebärmutter von Vögeln und Früchten. Mich gab es noch nicht. Meine Mutter war glücklich.

Onkel Herbert wohnte nicht mehr in dem heruntergekommenen Haus, sondern auf einem heruntergekommenen Boot. Decke und Wände der Kajüte waren mit Klebeband und Einkaufstüten geflickt, es roch nach nassem Karton, nach Schimmel. Mein Vater durfte auf dem einzigen Stuhl Platz nehmen. Die Familie habe ihn geschickt, sagte er. Alle machten sich Sorgen. Onkel Herbert bereitete das Abendessen zu: braune Bohnen in der Dose, aufgewärmt auf einem Gaskocher. Geblubber, das Schaukeln des Bootes auf dem Wasser. Onkel Herbert schwieg.

»Wohnst du schon lange hier?«, fragte mein Vater.

»Ein halbes Jahr, ungefähr.«

»Bleibst du hier?«

»Nein.«

In weiter Ferne war ein Schiffshorn zu hören.

»Die Liegegebühr wird erhöht«, erklärte Onkel Herbert. »Deshalb muss ich demnächst weiter.«

Mein Vater starrte auf die geleerten Dosen in einer Ecke der Kajüte. So sah das Leben aus, wenn es sich nicht mit den drei Wörtern Arbeit, Frau, Kind zusammenfassen ließ.

Onkel Herbert reichte ihm die erste Dose, aber der Inhalt war noch zu heiß. Mein Vater wartete, bis sein Bruder sich ihm mit der zweiten Dose gegenübersetzte, auf die Matratze, auf der er nachts schlief. Gleichzeitig bliesen sie auf ihre Löffel.

»Ich war Millionär«, sagte Onkel Herbert zwischen zwei Löffeln. »Ich habe mit einer Frau zusammengelebt, die Klavier spielte.«

»Mutter vermisst dich.«

»Ich komme allein besser zurecht.«

»Wohin gehst du von hier aus?«

»Irgendwohin. In Kanada ist überall Platz.«

»Kommst du nicht zurück?«

Onkel Herbert stand auf und warf seine Dose in die Ecke. Er holte die Pfeife aus der Tasche. Das Stopfen dauerte eine Ewigkeit. Als er endlich damit fertig war, fragte er: »Was hast du gefragt?«

»Nichts«, antwortete mein Vater. »Schon gut.«

Am nächsten Tag reiste er in die Niederlande zurück, zu Baby Ashirwad und meiner Mutter. Zum heimischen Herd, zum vertrauten indischen Essen.

»Was rieche ich da?«, fragte meine Mutter bei Tisch.

»Mmh«, sagte mein Vater. »*Tandoori Chicken.*«

Meine Mutter schüttelte den Kopf. Obwohl mein Vater seit einer Woche nicht mehr obduziert hatte, konnte meine Mutter den Tod riechen. Schwangere Frauen haben einen feinen Geruchssinn.

»Ich rieche Leichen!«

Wenig später verließ Onkel Herbert Vancouver. Die Pennystocks hatten ihn an den Rand des Bankrotts gebracht, die Liegegebühr war erhöht worden, Mietwohnungen waren unbezahlbar. Er musste sein Glück anderswo versuchen. Der Zufall kam ihm zu Hilfe.

An dem Tag, als Onkel Herbert aus Vancouver abreisen wollte, begegnete er einem Österreicher, der im Slocan Valley, gut vierhundert Kilometer landeinwärts, einen Marmorsteinbruch erworben hatte. Er wollte den Marmor selbst abbauen und vermarkten, aber das schaffte er nicht allein. Der Österreicher trat einen Schritt zurück und musterte Onkel Herbert von Kopf bis Fuß. »*You are my man!*«, sagte er.

Onkel Herbert war sich ganz sicher: Die Koffer hatten endlich ihren Zweck erfüllt. Vierzig Kilo Altpapier, die er ein Jahrzehnt lang mit sich herumgeschleppt, mit denen er einen halben Kontinent durchfahren hatte.

So wurde er Teilhaber eines Marmorsteinbruchs, den er noch nie gesehen hatte. Der Österreicher hob das Gepäck in seinen Kofferraum, und sie fuhren zusammen zum Slocan Valley. Neun Stunden brauchten sie dafür: verlassener Asphalt, gewundene Nebenstraßen, Schlammpisten quer durch kaum berührte Natur. Die gute Nachricht lautete, dass der Marmor von hervorragender Qualität war, die schlechte, dass die Transportkosten den Abbau unrentabel machten.

»Typisch Onkel Herbert«, sollte meine Mutter später sagen. Als sie ihn schließlich kennen lernte, besaß er noch das gleiche große Talent. Das Talent, im falschen Moment am richtigen Ort zu sein. Oder im richtigen Moment am falschen Ort. Oder einfach im falschen Moment am falschen Ort.

Die beiden Eigentümer des Marmorsteinbruchs waren nach einem halben Jahr bankrott. Onkel Herbert verschwand in einem dunklen Loch. Niemand wusste etwas über seinen Aufenthaltsort, er war überall und nirgendwo zugleich, in keinem kanadischen Telefonbuch fand sich sein Name. Onkel Sharma hatte sich durch

Tage aus Sonne und Staub zur Erfüllung seines Traums schleppen müssen. Onkel Herbert durchstreifte eine unwirtliche Landschaft. Tage aus Wind und Eis, und wahrscheinlich hatte er seinen Traum aufgegeben. Er zog über Ebenen und Berge. Endloses Land, so groß, dass man es nur vom Flugzeug aus überblicken kann. Er war der einzige Mensch weit und breit, aber es war nicht *sein* Land. Es gehörte den Karibus, den Dickhornschafen, den Bären – und der Einsamkeit. Dem Wind im Wald, der allmählich eine Stimme bekommt.

Und dann stand er plötzlich vor unserer Tür in der Jericholaan. Ein magerer Mann mit Vollbart, eine schwarze Mütze auf dem Kopf. Meine Mutter erschrak heftig. Sie wollte Onkel Herbert nicht hereinlassen.

»Ein Penner!«, schrie sie.

»Ich bin Herbie.«

»Ich rufe die Polizei«, rief meine Mutter, wie Oma Voorst, als sie uns für Kidnapper gehalten hatte.

Onkel Herbert erklärte, er sei der Bruder meines Vaters und aus Kanada zurückgekommen.

»Ausgeschlossen«, entgegnete meine Mutter. »Keiner in der Familie trägt einen Vollbart.«

Das stimmte, ein van der Kwast ließ sich keinen Vollbart wachsen. Der Schnurrbart war unser Markenzeichen, ein Vollbart undenkbar. Tabu.

Da sich meine Mutter nicht überzeugen ließ, musste Onkel Herbert draußen warten, bis mein Vater von der Arbeit kam. Meine Brüder und ich blieben den ganzen

Tag im Haus. Meine Mutter hatte gesagt, der Penner würde uns sonst unsere Schuhe stehlen.

Wir postierten uns an den Fenstern im Obergeschoss und schauten auf den Mann mit dem Vollbart hinunter. Er hatte keine Koffer bei sich, er hatte überhaupt nichts bei sich. Als Onkel Herbert uns bemerkte, winkte er. Meine Mutter zog schnell die Vorhänge zu.

»Nicht hinsehen«, rief sie. »Nicht hinsehen! Das ist schlecht.«

Um sechs Uhr kam mein Vater nach Hause und betrat mit Onkel Herbert das Wohnzimmer. Wir sollten ihm die Hand geben, aber keiner von uns traute sich.

»Das ist euer Onkel aus Kanada«, sagte mein Vater.

Wir fingen alle drei an zu weinen. Meine Mutter kam aus der Küche und tröstete uns mit den Worten: »Keine Angst. Onkel Herbert sieht nur aus wie ein Penner.«

Er roch nach Erde, nach Lehm, und nach etwas, das ich nicht gleich einordnen konnte, meine Mutter aber schon.

»Was rieche ich da?«, fragte sie beim Essen.

»Mmh«, sagte Ashirwad. »Schlangenhappi.« Fast sein ganzes Gesicht war rot, er saugte die Spaghetti in sich hinein, manchmal zehn gleichzeitig.

»Was rieche ich da nur?«

Mein Vater presste die Arme an den Brustkorb und aß weiter, so gut es ging.

»Ich rieche Müllsäcke!«, sagte meine Mutter. »Gestank von Müllsäcken verdirbt mein Essen!« Sie zählte auf, was sie alles roch: Bananenschalen, verschimmelten Käse, Hühnerknochen.

Ich roch es auch, es war der Geruch von Abfall, und er kam von Onkel Herbert, doch der störte sich nicht daran. Er aß einfach weiter, offenbar hatte er einen Bärenhunger. Meine Mutter füllte seinen Teller dreimal. »Onkel Herbert ist noch ärmer als eine Ratte in Delhi«, vertraute sie mir an. Mein Vater flüsterte mir ins Ohr: »Aber er ist sehr glücklich, weil er nie geheiratet hat.«

Nach dem Essen holte Onkel Herbert seine Pfeife aus der Tasche und stopfte sie.

»Was ist das?«, fragte Ashirwad.

»Das ist ungesund«, antwortete meine Mutter. »Davon wird der Körper innen schwarz, und dann fällt man irgendwann tot um.«

Onkel Herbert steckte die Pfeife zwischen die Lippen, erhob sich und ging in den Garten. Ich drehte mich um und sah ihn auf dem Rasen stehen. Graue Wolken kamen aus seinem Mund. Kleiner als bei Onkel Sharma, keine schnörkeligen Zeilen, sondern Tupfen, Kleckse, die keine Geschichte zu erzählen schienen.

»Das ist auch typisch für Penner«, sagte meine Mutter. »Rauchen.«

Johan und Ashirwad haben in ihrem Leben niemals eine Zigarette, Zigarre oder Pfeife angefasst, von so etwas lassen sie die Finger. Ashirwad kann sogar richtig wütend werden, wenn sich jemand in seiner Nähe eine Zigarette anzündet. Manchmal schreit er an einer Bushaltestelle plötzlich: »Hau ab! Sonst werde ich innen schwarz!«

Ich bin der Einzige von uns, der den Trost von Tabak in seine Brust gelassen hat. Und auch den geheimnisvollen Rauch von Haschisch und Marihuana. Aber es war nichts für mich, so gern ich auch dazugehört hätte. Zu den jungen Männern, die sich nicht vom »System« einfangen lassen wollten, die diese Welt als feindlich betrachteten und die in ihren verschlissenen Jacken und fransigen Jeans auch noch gut aussahen. Ich war zu brav, ein Muttersöhnchen.

Onkel Herbert blieb für zwei Nächte in der Jericholaan, anschließend fuhr er nach Remich weiter, zu Opa Luxemburg. Meine Mutter gab ihm ein Nudelholz mit. Und sie machte ihm vor, wie man am besten damit schlägt. »Richtig hochheben«, erklärte sie, »und dann mit Wucht auf den Kopf.«

Wir sollten Onkel Herbert nie wiedersehen, aber meine Mutter hat uns noch oft an ihn erinnert. Wenn wir uns nicht die Zähne putzen wollten, schallte ihre Mahnung »Dann werdet ihr wie Onkel Herbert!« durchs Badezimmer. Das Gleiche bekamen wir zu hören, wenn wir nicht pünktlich nach Hause kamen, kein Obst aßen oder das Zubettgehen hinauszögerten. In pädagogischer Hinsicht war Onkel Herbert sehr nützlich. Eine Art Schreckgestalt, vor der man sich noch lange fürchtet.

Als ich einmal schlechte Noten mit nach Hause brachte, stürmte meine Mutter in mein Zimmer und schrie: »Onkel Herbert hatte auch immer schlechte Noten, und aus ihm ist nichts geworden!« Und als sich später auf meinem Kinn der Schatten eines Bartes abzuzeichnen begann, sagte sie, während sie mir einen Rasierer in die Hand drückte: »Du wirst auf der Straße landen wie Onkel Herbert! Du wirst betteln müssen!«

Manchmal schien es, als hätte sie nur eine einzige Aufgabe: dafür zu sorgen, dass wir nicht wie Onkel Herbert wurden, ein Schmarotzer, ein Penner mit schwarzer Mütze. Ihre Lebensaufgabe. All ihre Mühe würde umsonst sein, wenn einer von uns auf die andere Seite des Ozeans floh und wie Onkel Herbert …

Es sind noch zwei weitere Orte bekannt, an denen der Mann mit dem Vollbart auftauchte. Der Erste ist Silverton, die kleinste Siedlung in British Columbia, eine Handvoll Häuser am Highway 6. Wer weiterfährt, verpasst nichts.

Onkel Herbert hatte angehalten. Und nun war er Mitglied der Freiwilligen Feuerwehr, die nie auszurücken brauchte. Dienstags erledigte er Sekretariatsarbeiten für den Arzt, manchmal sprang er als Rettungswagenfahrer ein. Er wohnte mit einer Frau zusammen, die Judy hieß und aus einer inzwischen geschiedenen Ehe zwei Kinder hatte. All das stand in dem Brief, der uns Jahre nach seinem Besuch erreichte. Ein quadratischer Umschlag mit großen Briefmarken und einem blauen Aufkleber: *Airmail.*

Meine Mutter hatte den Brief zuerst vor uns versteckt, sich dann aber überlegt, dass er pädagogisch hilfreich sein könnte.

»Das kommt davon«, rief sie. »Das kommt davon, wenn man sich nicht die Zähne putzt, wenn man schlechte Noten bekommt, wenn man sich einen Vollbart stehen lässt und wenn man nach Bananenschalen riecht. Dann endet man in irgendeinem Kaff mit einer geschiedenen Frau, die zwei Kinder hat.«

In ihren Augen war nichts schlimmer als eine Ehescheidung. Das war auch einer der Gründe, weshalb sie Opa Luxemburg nie gemocht hat. Aber auch Nachbarn, die sich trennten, bekamen ihre Ablehnung zu spüren. Wir durften nicht mit Kindern von geschiedenen Eltern spielen. Wenn sie bei uns klingelten, mussten sie sich eine Predigt anhören, die natürlich mit den Worten »In Indien ist niemand geschieden!« endete. Vielleicht lag hier auch die Erklärung dafür, dass meine Eltern noch zusammen waren. Scheidung war eine Schande.

»Typisch Onkel Herbert«, schloss meine Mutter, als sie sich wieder ein wenig beruhigt hatte. »Im falschen Moment am falschen Ort.«

Doch Onkel Herbert sollte nicht in Silverton enden. Es war nur eine Zwischenstation, so wie jeder andere Ort. Mal blieb er ein paar Tage, mal ein paar Jahre. Wie lange er bei Judy geblieben ist, dazu gibt es unterschiedliche Schätzungen. Hat sie ihn gut festgehalten, ist die nächste Lücke kleiner. Hatten ihr Herz und ihre Arme dafür nicht genug Kraft, ist die Lücke ein klaffender Abgrund.

In dieser Lücke wurden wir erwachsen. Während Onkel Herbert Kanada durchstreifte, studierte ich Wirtschaftswissenschaften an der Erasmus-Universität Rotterdam, und Johan arbeitete als physischer Geograph an einem Forschungsprojekt in Marokko mit. Für Ashirwad stand die Zeit still. Er saß am Fenster seines Zimmers und schaute hinaus, in die Welt, in der er nie ein Auto fahren, nie unter einem Baum ein Mädchen küssen sollte.

Meine Mutter saß an seiner Seite und beantwortete seine Fragen. »Wo ist Johan? Was macht Ernest jetzt?«

»Johan ist als Forscher in Marokko, und Ernest studiert Ökonomie«, sagte meine Mutter stolz. Und dann: »Du wirst eines Tages auch studieren.«

Der Stolz verflüchtigte sich im Nu, als Johan mit einem Vollbart und einem Auto voller Wüstensand aus Marokko zurückkehrte. Neben ihm saß eine blendend schöne junge Frau. Langes, dunkles Haar, hohe Wangenknochen, Smaragdaugen. Eine Prinzessin aus der Sahara. Er hatte sie in einem Dörfchen aus Hütten und Sand geheiratet, Niemandsland.

»Alles umsonst«, jammerte meine Mutter. »Alles war umsonst.«

Die Prinzessin aus der Wüste wurde nicht begrüßt. Meine Mutter ging gleich in die Küche. Im nächsten Moment hatte Johan eine Beule am Kopf. Seine erste. *Roti* würde in nächster Zeit nicht mehr auf dem Speiseplan stehen.

Es gab nämlich etwas, das noch schlimmer war, als sich scheiden zu lassen: einen Muslim oder eine Muslimin zu heiraten. »Wie konntest du?!«, schrie meine Mutter. »Die Moslems haben uns aus unserem Haus vertrieben! Sie haben uns unseren ganzen Besitz geraubt! Die Mädchen mussten sich die Haare abschneiden und Jungensachen anziehen, weil sie sonst vergewaltigt worden wären! Wir hatten nichts zu essen und kein Dach über dem Kopf!«

Der letzte Mund hatte gesprochen. Der Mund, der Milch von einer Ziege hatte trinken müssen. *Pucha*.

Johan hielt mit einer Hand seine Prinzessin fest und befühlte mit der anderen die Beule.

»Mama …«, sagte er.

Sie schüttelte den Kopf.

»Mama«, wiederholte mein Bruder.

»Ich bin nicht mehr deine Mutter.«

Johan und seine Frau verließen das Haus und fuhren mit röhrendem Motor davon.

Und so war sie wieder allein, meine Mutter, mit ihren Tränen und Ashirwad.

Eine Woche später handelte auch ich mir eine Beule ein. Mit einem kaputten Nudelholz konnte man offenbar noch gut schlagen. Ich war nach Hause gekommen, weil ich in meiner Studentenbude nichts mehr zu essen hatte und weil ich meinen Eltern etwas Wichtiges mitteilen wollte.

»Ich gebe mein Studium auf«, sagte ich beim Abendessen. »Ich werde Schriftsteller. Nächstes Jahr erscheint mein erstes Buch.«

Meine Mutter hämmerte mit den Fäusten auf den Tisch, die Teller hüpften. Zur Abwechslung aßen wir Penne mit Tomatensoße. Wahrscheinlich war diese Nudelsorte im Angebot gewesen. Ashirwad war gar nicht begeistert. Es fiel ihm schwer, die Penne in seinen Mund zu befördern, die glatten Teigröhrchen flutschten ihm immer wieder von der Gabel.

»Scheißröhren«, murmelte er, als meine Mutter in die Küche rannte. »Diese Scheißröhren.«

Ich konnte dem Schlag nicht mehr ausweichen, vielleicht wollte ich die Beule sogar. Johan hatte eine, also musste ich auch eine haben. Es gab keine andere Möglichkeit, uns von unserer Mutter zu lösen.

»Alles umsonst«, jammerte sie wieder. »Ich habe mein ganzes Leben für euch geopfert. Ich war immer da, wenn ihr von der Schule nach Hause kamt, ich habe euch überall hingebracht. Alles habe ich für euch getan.«

»Ich schreibe ein Buch«, erwiderte ich. »Ich sterbe nicht.«

Doch meine Mutter hörte mich nicht. Für sie brach eine Welt zusammen. Johan hatte eine Muslimin geheiratet, ich warf mein Studium hin. Und Ashirwad war Ashirwad und blieb Ashirwad.

»Ich kann mich nirgends mehr blicken lassen«, schluchzte sie.

Mein Vater wollte sie in den Arm nehmen, aber sie schlug seine Hand weg. »Fass mich nicht an!«

Vorsichtshalber nahm er schnell das Nudelholz vom Tisch. Er wusste, wie man einen Schlag vermeiden konnte, darin war er Experte.

Doch es gab ja noch Wurfgeschosse. Und so dauerte es nicht lange, bis der erste Pantoffel durch die Luft sauste. Mein Vater duckte sich gerade noch rechtzeitig, aber der nächste traf seine Nase. Der zweite Pantoffel trifft immer. Eine Sekunde später flog ein Untersetzer aus Metall über den Tisch. Dann begann auch Ashirwad zu werfen. »Scheißröhren«, rief er, als er seinen Teller wegschleuderte. Mein Teller mit Nudeln musste ebenfalls dran glauben. Meinem Vater tropfte Tomatensoße vom Gesicht.

Die Bombe war explodiert, es war aus mit unserer Familie.

»Onkel Herbert«, schluchzte meine Mutter. »An allem ist Onkel Herbert schuld. Er war ein schlechtes Vorbild. Jetzt hat Johan einen Vollbart, und Ernest bricht seine Ausbildung ab. Mein ganzes Leben war umsonst.«

Ich schüttelte den Kopf. Onkel Herbert hatte mir den Weg gezeigt. Nicht den schnurgeraden, sondern den verschlungenen Weg durch die Wildnis. »Ich will nicht alles genauso machen wie alle anderen!«, rief ich. »Ich will ein Vagabund sein, ich will nach Bananenschalen stinken, ich will bettelarm sein!«

An jenem Abend verbrannte meine Mutter auf der Terrasse einen Müllsack. »Fort mit dir, Geist!«, rief sie. »Böser Geist von Ernest, verschwinde!«

Ich bin nie verschwunden. Ich sitze immer noch hier am Computer. Ich schreibe, ich starre auf den Monitor. Ich sehe Dinge, die nicht zu sehen sind. Es ist der bläuliche Schleier, die Sehnsucht nach dem Anderswo. Aber ich bin drinnen und nicht draußen, nicht in der weiten Welt. Mein Leben lässt sich mit den drei Wörtern Arbeit, Frau, Kind zusammenfassen.

Onkel Herbert tauchte Jahre später in Alberta auf. Er arbeitete für die Athabasca Oil. Abbau von Ölsand. Im Sommer wegen Mücken und Matsch unmöglich. Im Winter gefror der Boden, so dass die abgelegenen Tagebaue mit Fahrzeugen erreichbar waren. Onkel Herbert bediente einen Bagger, mit dem er den schwarzen Ölsand abgrub. Kalte Hände, kalte Füße, Kälte bis in die Knochen. In manchen Wochen arbeitete er nachts, wenn nur das Scheinwerferlicht seines Baggers und das der riesigen, unablässig hin- und herfahrenden Muldenkipper das Dunkel durchdrang.

Dachte er manchmal an die Tage in Ontario? Zog seine Fantasie ihn zu den goldenen Feldern von Petrolia und seinem Mähdrescher? Oder dachte er an ein Mädchen, das ihm in einem Wohnzimmer beim Geklimper von Teelöffelchen gegenübergesessen hatte? Sehnte er sich in der Baggerkabine nach einem Zuhause?

Die Spur endet dort. Der letzte Brief von Onkel Herbert wurde in Fort McMurray verschickt, der einzigen Stadt im Gebiet der Athabasca-Ölsande. Der Brief, mit einem roten Ahornblatt auf dem Umschlag, war an Opa Luxemburg adressiert. »Ölsand tötet die Seele«, schrieb Onkel Herbert. Er hatte gekündigt, er konnte nicht mehr. »Ich weiß noch nicht, wo ich hingehe. Der Norden ist verlockend: Northwest Territories, Yukon, Alaska. Es gibt genug Möglichkeiten.«

Ich sehe ihn über verlassenen Asphalt gehen. Ohne Koffer, er sieht nicht aus wie jemand von Bedeutung. Er ist ein Niemand. Vielleicht nimmt ein Forstbeamter ihn mit, vielleicht fährt er drei Tage mit dem Bus und steigt in einer anderen Provinz aus. In der Wildnis gibt es immer Arbeit. Erste-Hilfe-Posten, die auch im Winter besetzt sein müssen. Sechs Wochen ununterbrochen allein, Kontakt zur Außenwelt nur über Satellitentelefon.

Einen solchen Posten gibt es im Westen von Yukon, auf dem Gelände eines früheren US-Luftwaffenstützpunktes. Niedrige, über eine kahle Ebene verteilte Gebäude, eingestürzte Hangars. Hunderte vor sich hin rostende Flugzeuge und Panzerwagen. Onkel Herbert schaut mit einem Fernglas in die unermessliche Leere, da draußen sind Bären, doch er hat noch nie einen gesehen. Der Dieselmotor seines Wagens läuft Tag und Nacht, weil in der Kälte sonst das Öl zu dick wird.

Selten einmal geht ein Notruf ein, dann muss er los. Zu einem Jäger, einem Tramper, einem Inuit, der Hilfe braucht. Die meiste Zeit ist Onkel Herbert allein. Er schläft auf einem Feldbett, wärmt sich am Holzfeuer. Er sagt das Wetter vorher. Manchmal übernimmt er zweimal sechs Wochen hintereinander. Fast drei Monate bittere Kälte. Sein Proviant wird von einem Flugzeug abgeworfen. Dem Flugzeug, von dem aus man das weite Land überblickt.

Er ist ein einsamer Cowboy ohne Hut, ohne Pferd, ohne Herde. Ein Cowboy am falschen Ort, in einer Prärie aus gefrorenem Sumpfland.

»Typisch Onkel Herbert«, würde meine Mutter sagen.

Sie wollte zuerst nicht nach Kanada auswandern. Zu groß war ihre Angst, dort Onkel Herbert zu begegnen.

»Wir gehen nach Toronto«, sagte mein Vater. »Herbert lebt am anderen Ende von Kanada.«

Völlig beruhigen konnte das meine Mutter nicht. Sie befürchtet immer noch, dass eines Tages ein Mann mit einem Vollbart vor der Tür stehen wird, eine Mütze auf dem Kopf, den Gestank einer Müllkippe in all seinen Sachen. Ein Verwandter.

Ich glaube, dass Onkel Herbert nicht mehr auftauchen wird. Im Sommer wohnt er in einem Wohnwagen auf dem Land eines Farmers. Er spricht wenig, erntet sein eigenes Gemüse. Tage aus hohem Gras, aus blauen Himmeln. Im Winter ist er im Norden, wochenlang allein. Ich sehe ihn gehen, einen Rucksack auf den Schultern, einen Flachmann an den Lippen. Ich höre seine Schritte, sie entfernen sich weiter und weiter.

Die Fantasie bringt den Wunsch hervor. Doch ich wandele nicht auf seinen Spuren. Ich wage es nicht, auch ich habe keine poetische Seele.

Schritte, die sich entfernen.

Dann ist es still. In dem Land, in dem alles möglich ist, kann man auch verschwinden.

# IN INDIEN

DELHI steht auf dem Monitor über dem Check-in-Schalter. Vor mir in der Schlange wartet eine indische Familie. Vater, Mutter, vier Kinder, achtzehn Koffer. Als sie an die Reihe kommen, holt die Angestellte hinter der Theke tief Luft. Der Vater wuchtet den ersten Koffer auf die Waage des Gepäckbandes. Die Digitalanzeige springt auf 32,4 Kilo.

»*Too heavy*«, höre ich die Angestellte sagen. Die Regeln sind kürzlich geändert worden, die Gewichtsgrenze für Freigepäck liegt nun bei zwanzig Kilo pro Person.

Es entbrennt eine Diskussion, bei der die Mutter das Wort führt. Sie zeigt auf ihre vier Kinder und dann auf den riesigen Koffer auf der Waage. Die Angestellte sieht keinen Zusammenhang. Die Mutter bemüht sich, ruhig zu bleiben, doch das Kopfschütteln hinter der Theke lässt ihren Geduldsfaden reißen. Sie beginnt zu fluchen.

Die Angestellte bleibt unerbittlich.

Der Vater hebt das Gepäckstück von der Waage. Seine Frau zeigt auf einen anderen Koffer. Doch auch der ist zu schwer, wieder fällt die Digitalanzeige ein vernichtendes Urteil.

Es folgt eine Neuordnung des Gepäcks. Sämtliche Koffer werden geöffnet, Gegenstände wechseln vom Hauptgepäck ins Handgepäck und umgekehrt. Manches verschwindet außerdem im Mantel des Vaters, der Spielzeug und Lebensmittel in seine Taschen stopft.

Ich denke an meinen Vater, der immer in einem bleischweren Mantel zur Fluggastkontrolle ging. Meine Mutter zwang ihn, das Mehrgewicht in seinen Taschen an Bord zu schmuggeln. Meistens ging das gut, manchmal wurde er aber auch durchsucht und musste dann zehn Kilo Schokolade oder ein Stielkännchen aus Porzellan abgeben.

»Ich habe dir immer wieder gesagt, dass du dein Haar kämmen sollst!«, sagte meine Mutter dann.

»Ich habe kein Haar«, erwiderte mein Vater.

»Und was ist das?« Sie zupfte an den paar grauen Büscheln über seinen Ohren. Ihrer Theorie zufolge sah mein Vater ungekämmt wie ein flüchtiger Verbrecher aus und erregte deshalb den Argwohn der Kontrolleure. Nach Ansicht meines Vaters lag es an der Art, wie er mit dem Mehrgewicht im Mantel durch das Tor mit den Metalldetektoren wankte.

Der indische Vater hebt den riesigen Koffer erneut auf die Waage. Diesmal werden gut 28 Kilo angezeigt. Das ist immer noch zu viel.

Die Angestellte erklärt, dass sie für jeweils fünf Kilo Mehrgewicht einhundert Euro Zuschlag berechnen muss. Die Mutter zerrt den Koffer von der Waage und beschimpft die Angestellte als »Tochter einer südindischen Bettlerin«.

Kein Inder zahlt für Mehrgewicht.

Ein in den Niederlanden lebender Verwandter, der die Familie zum Flughafen gebracht hat, wird zu Hilfe gerufen, ein Onkel oder Cousin. Dutzende Sachen werden ihm in die Hand gedrückt. Auch diese Reorganisation dauert eine Ewigkeit. Die indischen Kinder sitzen derweil auf dem Boden und spielen irgendein Spiel, sie kennen es nicht anders. Bei uns war es früher genauso. In der Schlange vor dem Check-in-Schalter konnten wir oft eine ganze Runde Mensch ärgere Dich nicht spielen.

Endlich ist das Gewicht im zulässigen Bereich. Die Angestellte klebt Klebebänder um die Griffe von zwölf Koffern, die nacheinander auf dem Förderband im Bauch des Flughafens verschwinden. Die übrigen Koffer dürfen als Handgepäck mit.

»*Jaldi*«, sagt die Mutter zu den Kindern. »*Jaldi! Jaldi!*«

Dann bin ich an der Reihe. Ich habe zwei Gepäckstücke bei mir, zwei Koffer. Mein Herz beginnt schneller zu schlagen, als ich mein Gepäck auf die Waage stelle. Das Display zeigt 17,7 Kilo an. Das Gewicht wird für gut befunden.

»Ihr Reisepass?«, fragt die Angestellte.

Ich nehme den Pass aus meiner Reise-Brieftasche und lege ihn auf die Theke. Die Angestellte blättert darin und sagt: »Sie haben kein Visum.«

»Brauche ich denn eins?«, frage ich, ohne nachzudenken.

»Ja.« Dieses eine Wort, mehr nicht.

»Aber ich wurde in Indien geboren«, sage ich. »In Bombay.«

Die Angestellte lächelt. Leicht gekräuselte Mundwinkel, Lachfältchen an den Augen.

Ich schäme mich für meine Antwort. Ein halber Inder, der glaubt, dass er ohne Visum ins Land kommt.

»Wir können Sie leider nicht mitnehmen«, sagt die Angestellte.

»Kann ich mir nicht hier auf dem Flughafen ein Visum ausstellen lassen?«

»Dafür müssen Sie zur indischen Botschaft in Den Haag.«

Eine Sturzflut von Beleidigungen will sich über die Angestellte ergießen, zehn verschiedene Hindi-Ausdrücke für eine promiskuitive Frau kommen mir in den Sinn. Aber ich nehme brav meinen Koffer von der Waage. Die Digitalanzeige springt auf 00,0 Kilo zurück.

»In Halle 1 können Sie Ihr Ticket umbuchen.«

Ich verlasse den Check-in-Schalter und begebe mich zum Ticketschalter in Halle 1. Die Umbuchungsgebühr ist exorbitant hoch. Meine Mutter hätte schreiend verkündet, dass man in Indien für den gleichen Betrag ein Flugzeug kaufen könne. Ich ziehe meine Kreditkarte durch den Schlitz des Lesegeräts und mache mich auf den Weg nach Den Haag.

Die indische Botschaft in Den Haag hat schon geschlossen, aber ich kann mich an den India Visa Service wenden, ein Vermittlungsbüro. Eine Mitarbeiterin überreicht mir ein Antragsformular und bittet mich, es an einem der Tische auszufüllen. »Wenn alles klappt«, sagt sie, »haben Sie morgen Ihr Visum.«

Ich beantworte die Fragen auf dem Formular und gebe es ab. Die Mitarbeiterin schüttelt den Kopf. »So dauert das Wochen«, sagt sie und zeigt auf die Zeile, in der ich meinen Beruf angegeben habe: *writer.*

»Buchhalter, Elektriker, Kellner«, zählt die Mitarbeiterin auf, »alles ist besser als Schriftsteller.«

Ich wurde in Indien geboren, würde ich gern sagen. Ich muss doch meine Verwandten besuchen können! Aber ich weiß um die Sinnlosigkeit solcher Einwände und schlucke sie hinunter. Am Tisch trage ich meine Angaben zum zweiten Mal ein. Namen, Adresse, Nummer des Reisepasses, Geburtsort, Nationalität. Dann bin ich wieder in der Zeile für den Beruf. Ich denke an meine Mutter, an den Traum meiner Mutter. Den Traum, den keiner ihrer Söhne hat wahr werden lassen. Ashirwad nicht, Johan nicht, ich nicht. Meine Hand zittert, als ich über der gepunkteten Linie eintrage, was ich nicht geworden bin: *doctor.*

Diesmal nickt die Mitarbeiterin des India Visa Service. »Sie können Ihr Visum morgen am späten Nachmittag abholen.«

Zwei Tage später fliege ich nach Delhi, zurück in das

Land, in dem ich geboren wurde, aber länger als zwei Jahrzehnte nicht mehr gewesen bin.

Der Indira Gandhi International Airport riecht nach der Küche meiner Mutter. Zwiebeln, Gewürze, roter Chili. Es ist warm, und überall herrscht dichtes Gedränge. Ich trage meine Koffer durch ein Spalier von Männern mit Schildern um den Hals. Einer der Männer muss Uncle Kakar sein, der Mann von Auntie Sitara, der drittjüngsten der Schwestern, vor Tante Jasleen und meiner Mutter.

»*Do you remember me?*«, hatte ich Auntie Sitara gefragt, als ich sie aus den Niederlanden anrief.

Sie hatte kurz nachdenken müssen. »*Yes… You were small and very naughty!*«

Meine Erinnerungen an meinen letzten Besuch in Indien bestehen aus nicht viel mehr als Rauchwolken, die in Bombay bei Onkel Sharma in der Luft schwebten. Wir waren damals aber auch in Noida, wo die Familie Kakar wohnt.

Ich erklärte Tante Sitara, ich wolle nach Indien fliegen, um ein paar Verwandte zu besuchen »*You are very welcome*«, antwortete sie ohne Zögern. »*Family is always very welcome.*«

Und so gehe ich nun mit zwei Koffern durch den Terminal des Flughafens von Delhi und halte Ausschau nach einem Verwandten, an den ich mich nicht erinnern kann. Mein Blick gleitet über die zahllosen Schilder mit

Namen, und plötzlich lese ich »Doctor Ernest«. Ein kleiner, magerer Mann hat das Schild um den Hals.

»Uncle?«, frage ich.

Der Mann lächelt.

Wir geben uns die Hand, wissen aber nicht, was wir sagen sollen. »*Please come*«, sagt mein Onkel nach einer Weile. Ich folge ihm zum Ausgang. Das Schild mit der Aufschrift »Doctor Ernest« behält er um. Einige Leute mustern mich interessiert. Draußen lässt man uns in der Schlange vor dem Taxistand vor.

Nach Noida fährt man ungefähr eine Stunde. Auf der Autobahn fragt Uncle Kakar, ob ich eine angenehme Reise gehabt habe. Das Schild hat er immer noch nicht abgenommen. Einen Moment beunruhigt mich der Gedanke, meine Mutter könnte mich als bekannten Dermatologen ausgegeben haben. Aus Stolz. Dann erfahre ich, dass ich den Titel meiner angeblichen Promotion in Wirtschaftswissenschaften verdanke. Cum laude, auch das noch.

»Und jetzt bist du Schriftsteller«, sagt Uncle Kakar. Verwunderung spricht aus seinen Worten, als wäre das unbegreiflich. Vom Doktor zum Schriftsteller. Er murmelt etwas auf Hindi, der Muttersprache, die ich nie gelernt habe.

Es ist dunkel, fast Mitternacht. Ich schaue aus dem Fenster, um wenigstens ein kleines bisschen vom Land meiner Vorfahren zu sehen. Am Rand der linken Fahrspur stehen Dutzende von Männern, die Pinsel in den

Händen halten, sie streichen die Beton-Leitplanke auf dem Mittelstreifen weiß und schwarz. Das Taxi rast mit unverminderter Geschwindigkeit knapp an den Arbeitern vorbei. Wenig später stockt der Verkehr, ein Mann liegt auf dem Asphalt. Wir fahren Schritttempo. Man kann deutlich erkennen, dass ein Wagen den Kopf des Unfallopfers überrollt haben muss. Der Schädel ist eingedrückt, wie ausgepresst sieht er aus. Es sind meine ersten Eindrücke von Indien. Und plötzlich überfällt mich Angst, vor dem Land, vor den Menschen, die ich nicht kenne, vor der Sprache, die ich nicht spreche. Was mache ich hier? Was hoffe ich hier zu finden?

Auntie Sitara öffnet im Nachthemd die Tür. Sie umarmt mich, ein wenig scheu. »Du bist groß geworden, du warst so klein …«, sagt sie. »*Tutto baby.*« Sie muss selbst darüber lachen.

Wir gehen in die Küche. Uncle Kakar bedeutet mir, am Esstisch Platz zu nehmen. Das Schild hängt immer noch an seinem Hals, vielleicht hat er es vergessen. Oder wird er es während der gesamten Dauer meines Besuchs tragen? So wie ich früher meine Medaillen eine Woche lang umbehalten musste. Alle sollten sehen, dass ich sie gewonnen hatte, Nachbarn, Lehrer, die Kassiererinnen bei Den Toom.

Meine Tante fragt, ob sie mir etwas zu essen machen dürfe. Wieder dieses warmherzige Lächeln, aber ihre Augen sind klein vor Müdigkeit. Ich danke ihr und sage, dass ich keinen Hunger habe.

»Etwas anderes?«

»*Pani*«, antworte ich, um es ihr leicht zu machen. Wasser, eines der wenigen harmlosen Hindi-Wörter, die ich kenne. Ich muss es als ganz kleines Kind gelernt haben.

Ich bekomme ein Zimmer mit einem kleinen Bett und einem Deckenventilator, den mein Onkel mir vorführt, begeistert wie ein Verkäufer. »Er hat eine Fernbedienung«, erklärt er. »Und drei verschiedene Stufen.« Ich betrachte die Flügel über meinem Kopf, die sich immer schneller drehen. »Lass ihn ruhig die ganze Nacht laufen.«

Schließlich sagt meine Tante, ich müsse doch müde sein. »Schlaf gut«, flüstert sie und zieht die Zimmertür hinter sich zu.

Der Schlaf kommt schnell, eine Welle, die mich auf ein Meer aus Träumen hinausträgt.

Am nächsten Morgen finde ich Onkel und Tante im Wohnzimmer vor. Sie haben noch ihre Nachtwäsche an und machen mit geschlossenen Augen Entspannungsübungen auf dem Fußboden. Der Fernseher läuft. Ein Priester singt ins Mikrofon, die Kamera schwenkt über Dächer aus Flittergold.

Ich setze mich aufs Sofa und betrachte die Schwester meiner Mutter. Sie atmet tief ein und streckt die Arme über den Kopf. Ich suche nach äußeren Merkmalen, die sie mit meiner Mutter gemeinsam hat. Doch Auntie Sitara ähnelt meiner Mutter nur, wie alle Inderinnen ihr ähneln: Sie ist klein, hat langes dunkles Haar und eine Haut, so braun wie Milchschokolade. Sie könnte ebenso gut eine Fremde sein.

Kurz danach sitzen wir am Küchentisch. Ich bekomme Toastbrot, Onkel und Tante essen *Rotis* mit Gemüse. Sie haben sich angezogen. Zum Glück hat Uncle nicht mehr das Schild um den Hals. Auntie fragt, ob ich gut geschlafen habe. Sie lächelt wieder, und plötzlich sehe ich sie doch, die Ähnlichkeit. Sie hat die gleichen Zähne wie meine Mutter. Ebenso weiß, ebenso gerade. Allmählich entdecke ich weitere Übereinstimmungen, die dunklen kleinen Flecken unter den Augen, den Flaum auf den Wangen, die Fältchen über der Nase. Als wäre das Gesicht meiner Mutter in ihrem verborgen. Aber etwas ist bei Tante Sitara völlig anders. Es ist die Ruhe, die Harmonie. Mein Onkel presst die Arme nicht krampfhaft an den Körper, er genießt entspannt sein Frühstück. In diesem Haus wird das Nudelholz nur fürs Ausrollen von Teig benutzt.

Ich trinke einen Schluck Tee und sehe auf meinem Becher das Logo von ABN AMRO. »Deine Mutter hat uns bei ihrem letzten Besuch viele Geschenke aus Holland mitgebracht«, erklärt Tante Sitara. Sie zeigt hierhin und dorthin, ich folge mit dem Blick ihrem Finger und sehe eine Uhr von ABN AMRO, eine Lampe von ABN AMRO, ein digitales Thermometer von ABN AMRO. Unbegreiflich, dass ich all das am Abend übersehen habe.

»Das ist noch nicht alles«, fügt mein Onkel hinzu.

Ich nicke, ich kann es mir vorstellen. Meine Mutter hat wohl an die zwanzig Konten bei ABN AMRO. Ich erinnere mich an unsere vielen Besuche bei der Bank. Mal bekam man bei der Eröffnung eines Kontos ein Schreibset geschenkt, mal eine elektrische Fliegenklatsche. Eigentlich waren diese Geschenke für Neukunden gedacht, aber meine Mutter hatte eine Lücke im System entdeckt. Draußen am Automaten hob sie fröhlich Geld von ihrem Haupt-Girokonto ab und zahlte es dann in der Bank auf ein neues Konto ein. Gratis ist gut. Und so gingen wir jedes Mal mit irgendwelchem neuen Schnickschnack nach Hause, als hätten wir nicht schon genug Krempel gehabt.

Jetzt haben meine Tante und mein Onkel den Schnickschnack im Haus. Sie scheinen aber ganz zufrieden damit zu sein. Vielleicht hat meine Mutter ihnen erzählt, ABN AMRO sei eine bekannte Designer-Marke.

»Wir haben auch Schoko-Waffeln«, sagt Tante Sitara.

Am Nachmittag gehe ich spazieren. Noida ist eine relativ junge Stadt im Großraum Delhi, viele der Einwohner sind wohlhabend. Manche lassen ihre Autos von Chauffeuren fahren, vor einigen Häusern sitzen schlafende Wachmänner auf Stühlen. In kleinen Schuppen wird mit Kohle-Bügeleisen die Wäsche geplättet. Ich gehe auf Straßen, die nicht aus Staub, sondern aus Asphalt bestehen. Rikschafahrer bieten mir ihre Dienste an, Kühe grasen zwischen hupenden Fahrzeugen noch auf dem kleinsten Fleckchen Grün. Schulkinder in Uniform winken mir zu. Ich winke zurück. Sie lachen laut. Nicht sie sind Fremde, ich bin ein Fremder. Vor Gemüseständen stehen Frauen mit großen Taschen. Es wird gefeilscht.

Bei meiner Rückkehr sehe ich Auntie Sitara auf dem Balkon. »Wo warst du?«, ruft sie hinunter. »Ich habe mir Sorgen gemacht.«

Als ich oben angekommen bin, umarmt sie mich. »Alles ist gut«, sage ich. »Ich bin ein bisschen in der Sonne spazieren gegangen.«

Es dauert einen Moment, bevor ihre Arme mich loslassen. Sie geht in die Küche und setzt Wasser auf. Wir trinken am Esstisch Tee, sie mit Milch, ich ohne. Der Onkel liegt im Bett und hält ein Nickerchen.

»Normalerweise schlafe ich nachmittags auch«, sagt meine Tante. »Aber ich war so in Sorge.« Tränen stehen ihr in den Augen, links ein Meer, rechts ein Meer. »Unser Sohn ist nicht mehr nach Hause gekommen«, sagt sie. »Er war auf dem Heimweg von der Arbeit und wurde von einem Betrunkenen angefahren.« Ich kenne die Geschichte, meine Mutter hat sie mir erzählt. Der Sohn war damals so alt wie ich jetzt, achtundzwanzig.

Auntie Sitara hat auch Mutters Augen, die gleichen dunklen Meere des Kummers. Ich sehe aber noch etwas anderes darin, Frieden, innere Ruhe statt unsterblicher Hoffnung.

Aus dem Schlafzimmer dringen Schnarchlaute. »Dein Onkel kann lauter schnarchen als alle Ahluwalias zusammen«, sagt Tante Sitara und lächelt wieder. Sie steht auf, um selbst ein wenig zu ruhen.

Ich gehe in mein Zimmer und versuche zu schreiben. Den Anfang dieser Geschichte. Es gelingt mir nicht, es ist noch zu früh. Ich weiß nicht, wohin ich damit will. Indien, und dann? Der Ventilator über meinem Kopf dreht sich, die Flügel schwirren, sonst tut sich nichts.

Vielleicht ist es die Ruhe, an die ich mich erst gewöhnen muss. Hier fliegen keine Pantoffeln durch die Luft, hier werden keine Nachbarn vergiftet. Tante Sitara ist eine milde Version meiner Mutter. Sie spricht ruhig, sie kocht ohne Chili. Sie liebt ihren Mann. Am Abend setzt sie sich aufs Fußende meines Bettes und spricht von der Spiritualität in ihrem Leben. Jeden Morgen steht sie um vier Uhr auf und meditiert zwei Stunden. Anschließend geht sie mit ihrem Mann spazieren, dann machen die beiden zusammen Entspannungsübungen. Und so werden sie älter und älter und älter.

Ich sage, meine Mutter sei ganz anders.

Auntie lacht. »Warte, bis du Tante Jasleen begegnest.«

Jasleen Ahluwalia, die schnellste von allen acht Schwestern und im Diskusring einst unschlagbar.

»Wenn sie uns besucht, müssen wir manchmal in Deckung gehen.«

Ein paar Tage später klingelt das Telefon, und Tante Jasleen ist am Apparat. Als Erstes fragt sie, warum ich sie nicht besuche. Ich bekomme keine Gelegenheit zu antworten. »*You should visit me immediately!*«, rügt sie mich.

Eine Stunde danach steht sie vor der Tür. Sie ist genauso klein wie meine Mutter und Auntie Sitara, doch ihre Haare sind grau, sie färbt sie nicht. Außerdem hat sie mehr Falten auf der Stirn.

Es ist fast ein Kidnapping. Ich kann gerade noch ein paar Sachen einpacken, meine Zahnbürste, meinen Laptop, ein Buch. Dann zieht Tante Jasleen mich samt Rollkoffer hinter sich her in die Küche. Sie lässt mein Handgelenk nicht los.

Ihre Schwester backt *Rotis* für mich. »Für unterwegs«, sagt sie, denn ich habe noch nicht zu Mittag gegessen.

»Glaubst du, er bekommt bei mir nichts zu essen?«, ruft Jasleen. »Glaubst du, ich lasse ihn verhungern?«

Der Onkel verzieht sich lautlos auf die Toilette und schließt sich ein.

Tante Sitara hat ein Nudelholz in der Hand, erhebt es aber nicht gegen ihre Schwester. Sie rollt ruhig den Teig aus und backt in einer gusseisernen Pfanne drei *Rotis*. Vom letzten bricht sie ein kleines Stück ab. »Die Drei bringt Unglück«, sagt sie lächelnd.

»*Come!*«, befiehlt Tante Jasleen. Ich werde nach draußen gezogen, wo ein gelber Toyota wartet, ein junger Mann sitzt am Steuer. Jasleen steigt neben ihm ein und schließt mit einem Knall die Tür.

Ich drehe mich zu Auntie Sitara um. Sie streckt die Hände nach mir aus und schließt mich in die Arme.

»*Mera baccha*«, flüstert sie mir ins Ohr. »Komm gesund wieder.«

Vor sehr langer Zeit hat auch meine Mutter »*mera baccha*« zu mir gesagt. Mein Kind.

Als wir abfahren, kommt Onkel Kakar aus der Tür und winkt mir zusammen mit seiner Frau nach. Tante Jasleen knurrt, ein Tiger, der einer entgangenen Beute droht. Das nächste Mal erwische ich dich.

Ich lehne mich zurück und versuche, mich zu entspannen. Sie ist eine Verwandte, sage ich mir. Du bist in guten Händen.

»Das ist mein Chauffeur«, sagt Tante Jasleen und zeigt auf den Jungen am Steuer. »Ich gebe ihm Fahrunterricht.«

Der Junge lächelt mir im Rückspiegel zu. Ich schätze ihn auf kaum älter als sechzehn.

»Er ist sehr talentiert«, erklärt Tante Jasleen, während ich nach dem Gurt taste, der irgendwo hinter oder neben der Rückbank eingeklemmt sein muss. »Ich habe ihn auf der Straße entdeckt, er hat als Schuhputzer gearbeitet. Jetzt ist er mein Chauffeur.«

Ich habe den Gurt gefunden, aber er lässt sich nicht herausziehen.

»*Indicator*«, sagt meine Tante zu dem Jungen. Und dann zu mir: »Er vergisst immer den Blinker.«

Ich zerre wie besessen an dem Gurt, doch er bewegt sich nach wie vor keinen Zentimeter.

Meine Tante erteilt derweil eine neue Anweisung. Auf

Hindi, weshalb ich sie nicht verstehe. Vielleicht sagt sie etwas wie: »Kupplung langsam kommen lassen.«

Mein Vater hat mir auf einem verlassenen Industriegelände den ersten Fahrunterricht gegeben. Ich fuhr mit dreißig Stundenkilometern auf einer riesigen Asphaltfläche, weit und breit war kein Mensch zu sehen. Aber das hier ist Indien. Fünf Reihen Personenautos auf einer zweispurigen Straße, dazwischen Lastwagen, überfüllte Busse, Traktoren, Fahrräder mit Waschmaschinen auf dem Gepäckträger, mit Wassertanks, mit Federvieh; Fahrradrikschas, Motorrikschas, Bettler, Kühe, Kamele, Ziegen. Und dann und wann ein Elefant. Überall überqueren Frauen und Kinder die Fahrbahn. Alle Fahrer hupen, nicht nur einmal, sondern ununterbrochen. Wenn ein Inder ein Auto kaufen will, probiert er zuerst die Hupe aus. TUUUT! TUUUT! TUUUT!

»Bremsen!«, ruft meine Tante.

Ich werde nach vorn gedrückt und stoße mir den Kopf an der Stütze vor mir. Im nächsten Moment lässt meine Tante eine Tirade vom Stapel, der ich mühelos folgen kann, ich weiß nur nicht, an wen sie sich richtet. An den Jungen, dem sie Fahrunterricht gibt, an den Autofahrer vor uns, links neben uns? An alle Fahrer ringsum?

Ich denke an die *Rotis*, die ich bei mir habe, zur Abwehr von Unglück nur drei minus ein Achtel. Ich hoffe, dass es funktioniert.

»Ist es noch weit?«, frage ich.

»Wir sind fast da«, antwortet Tante Jasleen. »Aber bei diesem Verkehr kommt man nicht voran.«

Schließlich erreichen wir lebend Ghaziabad, das wie Noida eine Satellitenstadt von Delhi ist. Wir fahren eine kleine Runde durch ein modernes Viertel. Stolz zeigt Tante Jasleen auf die Häuser. »Hier wohnen lauter Ärzte.« Wir halten vor einer weißen Villa an, steigen aber nicht aus. Ich soll Fotos machen. »Dann können bei euch alle sehen, in was für einer Gegend ich wohne«, erklärt Tante Jasleen.

Ich hole meine Kamera aus dem Koffer und mache nach Anweisungen meiner Tante eine Serie von Aufnahmen der Villa.

Dann fahren wir in ein anderes Viertel weiter. Die Häuser dort sind weniger modern, aber ebenfalls groß. Auf unbebauten Grundstücken stehen Zelte aus zusammengestückelten Planen, über Lagerfeuern wird gekocht. Ich sehe nackte Kinder durch den lockeren Sand rennen.

Der Wagen hält vor einem Haus, das offenbar aufgestockt wird. Die oberste Etage ist noch im Bau.

»Hier wohne ich«, verkündet Tante Jasleen.

Wir steigen aus und gehen zum Zaun, an dem auf der anderen Seite ein Hund hochspringt. Meine Tante öffnet das Tor und streichelt das Tier. »Mittu«, singt sie. »O Mittu.« Der Hund schmiegt sich an ihre Beine.

Ich soll ein Foto machen. Nicht von ihr und dem Hund, sondern von dem Schild an der Hauswand. Darauf steht in gemalten Buchstaben unter einem roten Kreuz: »Doctor Jasleen Ahluwalia«.

»Ist es gut zu erkennen?«, fragt sie.

Ich zeige ihr das Ergebnis auf dem LCD-Monitor der Kamera. Tante Jasleen setzt ihre Lesebrille auf und ruft dann: »Mein Haus! Mein Schild!«

Dann veranstaltet sie für mich eine Führung durchs ganze Haus. Im Erdgeschoss ist die Praxis untergebracht, es gibt ein Wartezimmer und ein Sprechzimmer. Auf dem Schreibtisch liegt ein Stethoskop unter einer dicken Staubschicht. Auch die Stühle sind von Staub bedeckt.

»Ich bin im Ruhestand«, sagt Tante Jasleen. »Und die Putzfrau ist mir davongelaufen.«

Ihr besonderer Stolz ist ein separater Eingang; zusammen gehen wir durch den Flur, durch den früher ihre Patienten mussten. Ich bin Besucher eines Museums, das zum letzten Mal seine Türen öffnet. Meine Sohlen hinterlassen eine Spur auf den staubigen Fliesen.

In der Wohnung auf der ersten Etage riecht es nach Essen. Die Räume sind groß, es gibt nur wenige Möbel, einige Zimmer sind leer.

»Ich habe ein sehr großes Haus«, sagt meine Tante. Ihr Blick ist der meiner Mutter, als sie auf den Ontariosee schaut.

Die zweite Etage ist nicht fertig, die Fenster sind noch nicht eingebaut, die Wände noch nicht verputzt. Überall stehen Säcke mit Zement.

Tante Jasleen öffnet einen mit Werkzeug vollgestopften Schrank. »Das habe ich alles beschlagnahmt«, erklärt sie. »Die werden sich noch wundern!«

Ich nicke, ich kann mir ungefähr vorstellen, was passiert ist. Etwas Schreckliches. Ich denke an die vielen Auseinandersetzungen meiner Mutter mit Handwerkern. Sie entdeckte immer irgendeinen Fehler oder ein durch die Arbeiten verursachtes Problem. Ich erinnere mich an den Schwarzarbeiter Theo, der in der Tiberiaslaan auf der ersten Etage ein zweites Badezimmer einbaute. Nach der Fertigstellung tropfte im Wohnzimmer Wasser von der Decke.

»Es regnet«, sagte Ashirwad, als Johan oben duschte.

Meine Mutter wischte das Parkett trocken und verfluchte sich selbst. »Ich hätte es wissen können«, murmelte sie. »Er heißt Theo.«

Am nächsten Tag wurde die undichte Stelle repariert, aber der Schwarzarbeiter konnte sein Geld in den Wind schreiben.

»Wasserschaden«, sagte meine Mutter und zeigte auf einen Stapel Videorekorder. »Alle kaputt.«

Theo sah sich die Videorekorder aus der Nähe an. »Waren die nicht schon vorher hinüber?«

»Mit diesen Videorekordern hätte ich unzählige indische Familien glücklich machen können!«, rief meine Mutter. Dann lief sie in die Küche und jagte den Schwarzarbeiter auf traditionelle Weise aus dem Haus.

Am Ende hat mein Vater Theo dann doch bezahlt, wie er auch vielen anderen Handwerkern und Schwarzarbeitern heimlich ihren Lohn aushändigte. Er intervenierte ständig zwischen meiner Mutter und Malern, Installateuren, Zimmerleuten, Bauunternehmern. Bis vor Gericht. Es dürfte ihn viele Prostatakrebs-Forschungsstunden gekostet haben.

Tante Jasleen muss ohne meinen Vater zurechtkommen, ohne Vermittlung, ohne heimliche Bezahlung. Sie macht alles mit ihrem Stolz, einem Stolz aus Beton. Sie wird niemals nachgeben, wenn sie sich benachteiligt oder betrogen glaubt, ihr wunderbares Haus wird nie fertig werden.

Nach der Besichtigung trinken wir im Wohnzimmer Tee. »Wo ist es besser?«, fragt Tante Jasleen. »Hier oder bei Auntie Sitara?« Glücklicherweise beantwortet sie die Frage selbst. »Hier wohnst du viel besser. Beinahe wie ein Maharadscha.« Ihre Augen strahlen. Sie kommt von weither, wie meine Mutter.

Ich frage vorsichtig nach den frühen Jahren meiner Mutter, nach dem dunklen Fleck in ihrem Leben.

»Ist es für dein Buch?«, fragt Tante Jasleen.

»Vielleicht.«

»Deine Mutter ist sehr wütend. Sie tut kein Auge mehr zu. Sie sagt, du machst sie in deinem Buch lächerlich.«

»Es ist Fiktion.«

Tante Jasleen schaut mich lange an und sagt dann: »Wenn du über mich schreibst, bringe ich dich um.«

Ich nicke. Ich kann mir vorstellen, was mich erwartet. Kein ewiger Ruhm.

Meine Tante erzählt. Die Geschichte beginnt als Slapstick. Der Vater des Vaters meiner Mutter war Polizist.

Eines Tages musste er in einem Gefängnis einen frisch gegrabenen Brunnen kontrollieren. Er ging eilig zu dem tiefen Schacht, beugte sich vor und glitt aus. Am nächsten Tag gelang es, ihn herauszuholen. Es war zu spät. Nun musste sein ältester Sohn die Familie ernähren. Als ganz junger Mann fand er eine Stelle bei der Post Britisch-Indiens und machte recht schnell Karriere. Die Ehe mit meiner Oma war arrangiert, aber glücklich. Die beiden bekamen zehn Kinder, zwei Söhne und acht Töchter. »Es schneite, als deine Mutter geboren wurde«, erzählt Tante Jasleen. »Das ist eine meiner frühesten Erinnerungen. Bald danach mussten wir aus dem Gebiet des heutigen Pakistan fliehen. Hindus wurden gefoltert und ermordet. Millionen haben ihre Häuser, ihr Vieh, ihren ganzen Besitz zurückgelassen. Wir kamen zuerst nach Kaschmir, aber dort brach dann Krieg aus. Wir mussten wieder fliehen, haben wieder gehungert. Und lebten wieder in Todesangst. Unzählige Hindus wurden abgeschlachtet, ganze Zugladungen. Wir hatten Glück. Sehr viel Glück. Schließlich sind wir in Agra gelandet, meine Eltern, alle Schwestern, die beiden Brüder.«

Meine Mutter stammt gar nicht aus Indien, sondern aus Pakistan.

Tante Jasleen legt ein paar Fotos aus Agra auf den Tisch. »Das ist deine Mutter«, sagt sie und zeigt auf ein Mädchen mit langen Haaren.

»Wie war meine Mutter als Kind?«

»Genau wie heute«, antwortet Auntie Jasleen. »Manchmal bekamen wir von unserem Vater ein paar Rupien, aber Veena gab ihr Geld nie aus. Wenn Sitara sich von ihr Geld lieh, um sich etwas zu naschen zu kaufen, hat Veena ihr Zinsen berechnet. Ihrer eigenen Schwester!«

Das Haus in Agra ist noch heute im Besitz der Familie. Auntie Pushpalata wohnt darin, die älteste noch lebende Schwester. Auch die meisten Sachen von Tante Jasleen sind in dem Haus in Agra geblieben.

»Ich bin ohne meinen Besitz nach Ghaziabad umgezogen«, erklärt sie.

Ich nicke wieder. Die Transportkosten werden zu hoch gewesen sein.

Tante Jasleen steht auf. »Gehen wir mit Mittu spazieren.«

Draußen bindet sie der Hündin das Ende eines faserigen Seils um den Hals. Wir machen einen Rundgang durchs Viertel. Ich nehme Tante Jasleens Hand, doch sie macht sich bald wieder los. Gesten der Zuneigung sind nichts für sie.

Vor einem kleinen Park inspiziert meine Tante die Mäuerchen am Eingang. »Ein Riss«, stellt sie fest, dann verschwindet sie mit Mittu in einem Haus, in dem gerade Maurer arbeiten. Gleich darauf verlässt sie es zusammen mit einem Mann, der einen Spachtel in der Hand hält. Er soll die Mauer reparieren. Unwillig betrachtet der Mann den Riss.

»Warum?«, murmelt er.

»Warum?«, echot meine Tante. Sie zieht ihren linken

Schuh aus und schlägt damit auf den Mann ein. »Darum!«, schreit sie. »Und darum!«

Sofort betrachtet der Mann den Riss mit mehr Interesse. Er verspricht Tante Jasleen, sich darum zu kümmern.

Im Park wird ein Gärtner auf das Unkraut angesprochen. Er solle gründlicher arbeiten, sagt meine Tante, sonst werde sie bei der Stadtverwaltung anrufen.

Niemand wird in Ruhe gelassen, überall entdeckt Auntie Jasleen Probleme, auf jedem Quadratmeter.

An einem Obststand schimpft sie über die Preise. »Fünf Rupien für zwei Bananen«, ruft sie, »das ist Betrug!«

Der Verkäufer taucht hinter seinem Stand ab. Es würde mich nicht wundern, wenn meine Tante ihr Nudelholz in der Handtasche hätte.

»Zeig dich, wenn du ein Mann bist!«

Der Verkäufer rührt sich nicht. Aus der Deckung hinter seinem Stand heraus mahnt er Tante Jasleen zur Ruhe. Doch sie ist längst auf dem Siedepunkt angelangt. »Ich werfe all deine Bananen in den Dreck«, droht sie. »Ich war früher im Diskusring unschlagbar!«

Sie beruhigt sich erst, als der Verkäufer ihr zwei Bananen als Gratis-Zugabe anbietet. Ein Vergleich, bis zu dem mindestens eine Stunde zäher Verhandlungen vergangen ist.

Ich bin mürbe, ich ertrage keine weiteren Konfrontationen mehr. Mittu trippelt unermüdlich um ihr Frauchen herum, sie ist die Einzige, die es bei Tante Jasleen aushält.

»Fünf Rupien für vier Bananen, das ist ein guter Preis«, sagt sie zufrieden, als wir weitergehen.

Ich spüre ein Stechen im Leib, Bauchschmerzen. Zuerst denke ich, dass es am scharfen indischen Essen liegt, aber nach der Rückkehr in Tante Jasleens großes Haus kommen keine weiteren Beschwerden hinzu. Ich kann dieses Stechen im Bauch nicht deuten. Habe ich Heimweh? Vermisse ich meinen siebzehn Monate alten Sohn in Italien?

Auntie hat sich aufs Bett gelegt und sieht einen Film im Fernsehen. Ich empfinde den Apparat als Störenfried, aber nach Ansicht meiner Tante ist er immer noch besser als ein Mann. Ich setze mich zu ihr aufs Bett, betrachte ihr Gesicht, die dunklen kleinen Flecken unter den Augen, den Flaum auf den Wangen, genau wie bei meiner Mutter und Tante Sitara. Und dann weiß ich, was ich spüre: Trauer. Es ist, als sähe ich meine Mutter, aber ohne meinen Vater, ohne Kinder. Einsam, in einem unfertigen Haus. Für immer in der Falle ihres Stolzes gefangen, mit immer mehr Problemen, die niemand für sie löst.

Wer wird sich später um sie kümmern? Wer kämmt ihr graues Haar, wenn sie es selbst nicht mehr kann?

Tante Sitara hat mir erzählt, dass es auch in Jasleens Leben einmal einen Mann gegeben hat. Der Hochzeitstermin stand fest, die Familien waren sich einig. Doch

Jasleen empfand ihre Mitgift als zu gering. Vierzigtausend Rupien; sie wollte mindestens hunderttausend. Deshalb machte sie einen Rückzieher, deshalb geriet sie mit allen in Streit, deshalb blieb sie für immer allein.

Ich würde sie so gern umarmen, ganz fest. Sie ist meiner Mutter so ähnlich, nur noch schwieriger.

Zwei Tage später fahren wir nach Delhi. Tante Jasleen will mir die Basare am Chandni Chowk zeigen. »*We are going to shop*«, ruft sie unterwegs. Ich halte mich am Griff über der Tür fest. Gefährlicher als der Verkehr in Delhi kann nichts sein. Schilder am Straßenrand raunen warnend, dass nicht jeder lebend nach Hause kommen wird. Ununterbrochen gibt meine Tante dem Jungen am Steuer Anweisungen. Als ich frage, warum sie nicht selbst fährt, sagt sie, dass sie keinen Führerschein hat.

»Ist er abgelaufen?«, frage ich, naiv wie ich bin, der halbe Inder.

»Nein«, antwortet meine Tante. »Wozu brauche ich einen Führerschein, wenn ich einen Chauffeur habe?«

Wozu braucht meine Mutter Ermäßigungsausweise, wenn Ashirwad einen Behindertenausweis hat?

Während wir im Stau stehen, klopft ein kleiner Junge an meine Scheibe. Er führt ein Kunststück mit einer Art Hula-Hoop-Reifen vor und bittet um Geld. Hinter ihm am Straßenrand sitzt seine Mutter, die einem Baby die Brust gibt. Sie macht eine Geste, die »Essen« bedeutet. Ich will gerade Geld aus dem Portemonnaie nehmen, als der Wagen wieder anfährt. Durch die Heckscheibe blicke ich mich noch einmal nach der Mutter mit dem Baby um. Man möchte aussteigen und ihnen wenigstens einen Tag in ihrem Leben erträglich machen, ihnen einen Tag ohne Hunger, ohne Durst, ohne Kummer schenken. Aber man sieht sie überall an den Straßen, die barfüßigen Kinder, die jungen Frauen mit Neugeborenen. Menschen, die nichts als ihren Körper besitzen, Menschen, die meine Mutter so gern mit all den bei uns weggeworfenen Dingen glücklich machen möchte. Auch das ist ein Traum von ihr, der aber ebenso wenig in Erfüllung geht wie alle anderen.

»*This is the Red Fort*«, sagt meine Tante und zeigt nach rechts. Ich betrachte die hohen Mauern aus rotem Sandstein. Vor dem Eingang stehen Touristen Schlange. Wir fahren weiter, wir haben weder Ermäßigungs- noch Behindertenausweis.

In meinem Reiseführer lese ich, was mir alles entgeht, die grünen Gärten, die Marmorbäder, der »Palast der Farben«, der von den Briten geplündert wurde.

»*Stopp!*«, ruft Tante Jasleen. Wir sind auf dem Chandni Chowk angekommen, einem verkehrsreichen Platz, auf dem um jeden Quadratzentimeter gekämpft wird. Mitten auf der Fahrbahn werden Waren aus- und eingeladen, alle Fahrzeuge bewegen sich im Zickzack fort, manche auch in der falschen Richtung. Und in dieser Hölle hat meine Tante einen Parkplatz erspäht.

»Zurück«, befiehlt sie ihrem Chauffeur.

Ich drehe mich um und sehe direkt hinter uns zwei Rikschas. Auch der Chauffeur sieht sie im Spiegel, setzt aber, angespornt von Tante Jasleen, trotzdem immer weiter zurück.

Die Rikschafahrer weichen mit ihren Gefährten ein Stück nach hinten aus. Weiter geht es nicht, sagen ihre Gesten.

Meine Tante öffnet das Seitenfenster und schreit die Männer an. Und ob das geht!, scheint sie zu rufen, denn die Rikschas werden abermals ein Stück rückwärts bewegt. So entsteht Platz für die hintere Hälfte des Wagens. Das reicht nicht, wir können aber noch etwas weiter zurück, wenn ein Verkaufskarren, beladen mit Hosen und Socken, das Feld räumt. Wieder brüllt Tante Jasleen durchs Seitenfenster. Der Verkäufer zieht murrend seinen Karren weg, um sich einen anderen Platz zu suchen. Auch Indien ist ein Land, in dem alles möglich ist.

»Vor dem Eingang«, sagt Tante Jasleen befriedigt, als sie aussteigt. Wir betreten einen Basar. Es riecht nach Kardamom und Nelken, nach Gewürzen, die meine Mutter für Reisgerichte verwendet. An jedem der kleinen Marktstände fragt meine Tante nach den Preisen und geht beleidigt weiter.

»Alles Betrüger«, sagt sie zu mir. »*Cheats.*«

Erst beim siebten Stand sind wir richtig. Als der Verkäufer den Preis verschiedener Gewürze nennt, nickt meine Tante. Dann macht sie ein Angebot. Auf der Stirn des Verkäufers bilden sich Falten, tiefe Furchen.

Einen Moment befürchte ich, dass ich mich auf einen Sack Kreuzkümmel setzen muss und erst aufstehen darf, wenn der Verkäufer kapituliert. Doch es kommt schnell zu einer Einigung.

»Man kennt mich«, sagt Tante Jasleen. Und ballt die Faust.

An einem anderen Stand erwerben wir fünf Kilo Reis. Ich nehme die Einkäufe auf den Rücken.

»Alles ist hier viel billiger als in Kanada«, ruft meine Tante.

Kanada?

»Deine Mutter hat angerufen. Sie hat mir eine lange Einkaufsliste durchgegeben.«

Nachdem wir den Reis und die Gewürze zum Auto gebracht haben, betreten wir einen anderen Basar. Tante Jasleen bleibt vor einem Stand mit Toilettenartikeln stehen. Mein Blick fällt auf einen Stapel länglicher roter Schachteln: *Colgate Super Shakti Dental Cream*. Die Zahnpasta, mit der ich von der Mutterbrust vertrieben wurde und mit der ich mir später die Zähne geputzt habe. Während meiner gesamten Jugend. Unzählige Tuben davon müssen wir in die Niederlande importiert haben. Meine Tante fragt, wie viele vorrätig sind.

Wie meine Mutter am letzten Öffnungstag von Den Toom zwischen dem Supermarkt und unserem Haus pendelte und immer wieder mit vollen Einkaufsbeuteln heimkehrte, so pendele ich zwischen dem Wagen und den verschiedenen Basaren hin und her. Der Kofferraum ist schon mehr als voll. Toilettenpapier, Rasierschaum, Töpfe, Schüsseln, Untersetzer, in Indien ist ständig alles im Angebot.

Zum Schluss kaufen wir noch zwei Koffer. »Sonst hast du auf dem Rückflug Probleme«, sagt Tante Jasleen. »Und deine Mutter kann nie genug Koffer haben.«

Ich nicke.

Am nächsten Tag ist das Kidnapping überstanden, Tante Jasleen bringt mich nach Noida zurück. »Und?«, ist das Erste, was sie ihrer Schwester entgegenruft. »Habe ich ihn verhungern lassen?«

Tante Sitara umarmt mich fest. Ich bin gesund zurückgekehrt.

»Bekommen wir keinen Tee?«, fragt Tante Jasleen. Ich spüre ein Stechen im Bauch.

Tante Sitaras Arme erschlaffen. Sie lässt mich los und geht in die Küche, wo sie Wasser in einen Topf laufen lässt.

Kurz danach sitze ich zwischen der milden und der schwierigen Version meiner Mutter, und wir trinken schweigend Tee aus ABN-AMRO-Bechern.

Die Tür des Badezimmers ist verschlossen. »Dein Onkel duscht«, sagt Tante Sitara und lacht.

Als mein Becher leer ist, lade ich mit dem Chauffeur die Einkäufe aus dem Wagen. Ich könnte zu Hause einen Supermarkt eröffnen, bald ist mein Zimmer mit Kartons und Plastikbeuteln vollgestellt.

Es wird Zeit, sich zu verabschieden. Wir stehen draußen in der warmen Nachmittagssonne. Tante Jasleen gibt mir die Hand, aber ich ziehe sie an mich, umarme sie, lasse sie nicht los. Sie sträubt sich, stößt den Kopf gegen meine Brust. Tau doch auf, werde schwach, halt mich fest. Es geht nicht, sie kann es nicht. Tante Jasleen entwindet sich meinen Armen und steigt ins Auto. Ich frage mich, ob ich sie je wiedersehen werde.

Die letzten Tage meines Besuchs brechen an. Ewige Sommertage. Ich meditiere mit Auntie Sitara und Uncle Kakar. Bei Sonnenaufgang machen wir lange Spaziergänge. Wenn die beiden erzählen, höre ich aufmerksam zu. Meine Erinnerungen an diesen Besuch dürfen nicht aus Rauchwolken bestehen.

Dann ist der Moment gekommen, das Taxi steht vor der Tür. Onkel Kakar hilft mir mit den Koffern, vier Stück und bleischwer. Er umarmt mich und wünscht mir eine gute Reise, er fährt nicht mit zum Flughafen. Tante Sitara hat Tränen in den Augen. Sie schließt mich in die Arme, hält mich fest. Sie küsst mich.

»Ich muss fahren«, flüstere ich. »Ich muss nach Hause.«

Sie will mich nicht loslassen.

AMSTERDAM steht auf dem Monitor über dem Check-in-Schalter. Das Herz schlägt mir bis zum Hals, als ich meine Koffer auf die Waage des Gepäckbandes stelle. Doch die Angestellte seufzt nicht. Sie lächelt. Gewichtsgrenzen für Freigepäck scheint es in Indien nicht zu geben. Nacheinander gleiten meine Koffer in den Bauch des Indira Gandhi International Airport, ich kann ohne Verzögerung weiter zum Gate.

In einem Monat wird mein Vater zu einem Kongress in die Niederlande reisen. Er wird lediglich eine kleine Tasche mit einer Zahnbürste und einem Artikel über Prostatakrebs bei sich haben, weil er auf dem Rückflug die Sachen aus Indien nach Kanada mitnehmen muss. Zwei Koffer.

Wozu braucht meine Mutter ein Transportunternehmen, wenn sie meinen Vater hat?

Am Check-in-Schalter wird er an die neuen Regeln für Freigepäck erinnert werden und ein paar Gegenstände aus den Koffern in seine kleine Tasche umladen. Was bei Weitem nicht ausreicht. In seiner Verzweiflung wird mein Vater einen Teil des Kofferinhalts in seinen Manteltaschen verstecken. Dann wird er sich auf der Toilette die Haare über den Ohren kämmen und versuchen, mit zehn Kilo Zahnpasta in den Taschen durch die Fluggastkontrolle zu kommen.

## IN ITALIEN

Von dort nach hier. Von Delhi nach Amsterdam nach Bozen. Ins Jetzt. Mein Sohn schaut mich an, einen verwunderten Ausdruck in den Äuglein. Manchmal verbringe ich mehr Zeit ohne ihn als mit ihm. Wir wohnen in zwei Ländern, meine Freundin und mein Sohn in Italien, ich in den Niederlanden. Auch ich bin schwierig.

»Das«, sagt mein Sohn und zeigt auf einen Kugelschreiber. Die meisten Dinge haben noch keinen Namen.

Ich versuche, ihn zu küssen, aber mein Dreitagebart sticht. Er schüttelt den Kopf, *keinen Kuss*.

»Das«, wiederholt er.

»Kugelschreiber«, sage ich.

Seine Äuglein lachen. Sprache ist eine glitzernde Schicht auf den Dingen, Pulverschnee. Nicht mehr lange, und alles wird davon bedeckt sein.

Dieses Bedecken geschieht ganz von selbst. Auch ohne Wind. Noch während wir hier sitzen, werden wir unter Schnee begraben. Jedes Wort eine Flocke. Ich kann nicht anders, ich muss über meine Familie berichten. Dabei weiß ich, dass es an der Zeit wäre, meine Schuhe in die Diele zu stellen, die Jacke auszuziehen und von mir selbst zu erzählen.

»Papa«, sagt mein Sohn. Das Wort schwebt auf mich herab.

»Keine Angst«, flüstere ich. »Wir brauchen uns nicht zu verkriechen.«

Er riecht süß, nach Kamille und ganz schwach nach Muttermilch. Vor dem Schlafengehen wird er noch gestillt. Schon einen Monat länger als ich. Vielleicht hätte ich eine Tube Zahnpasta nach Italien mitnehmen sollen. Stattdessen habe ich kleine Holzelefanten für ihn gekauft. Aber die Tierchen interessieren ihn nicht, er hat sie weggeschoben.

»Das«, sagt er und zeigt wieder auf den Kugelschreiber. Er rutscht von meinem Schoß herunter und geht zu dem Schränkchen, auf dem der Kugelschreiber liegt. Er streckt sich, kommt aber mit der Hand nicht weit genug. Er scheint auf den Zehenspitzen zu tanzen. Es sieht lustig aus, ein kleiner van der Kwast mit hölzernen Hüften.

Ich gehe zu meinem Sohn und hebe ihn hoch. Seine Fingerchen greifen nach dem Kugelschreiber. Im nächsten Moment hat er einen blauen Strich auf der Wange. Als er den Stift in den Mund steckt, nehme ich ihm das Ding aus der Hand. In seinem Gesicht zieht sich alles zusammen, er fängt an zu weinen. »Mama!«, schreit er. »Mama, Mama, Mama.« Ein Schneesturm aus Wörtern.

Sie nimmt ihn in den Arm, sie tröstet ihn. Seine Tränen trocknen, er lächelt wieder.

»Das«, sagt er nun auch zu seiner Mutter. Er zeigt auf den Kugelschreiber in meiner rechten Hand. »*Das.*«

»Du musst etwas für ihn schreiben.«

Mir fällt ein Satz ein, den der fabelhafte Saint-Exupéry irgendwo geschrieben hat: *Ach, ich schulde dir mindestens eine Seite.*

Diese letzten Seiten sind für meinen Sohn, meinen Erstgeborenen, meinen ganzen Stolz. Für dich.

Ich hebe die Hand und schreibe mit dem Kugelschreiber in die Luft: *Man kann sein ganzes Leben auf demselben Fleckchen Erde verbringen und doch außerordentlich viel gesehen haben. Worauf es ankommt, sind Wissbegier und ein scharfer Blick.*

»Was schreibst du?«

»Ein Zitat von Konstantin Paustowski.« Und ich flüstere dir ins Ohr: »Wer sehr genau hinschaut, sieht auch Dinge, die nicht zu sehen sind.« Deine Augen werden größer. *Mehr*, scheinen sie zu sagen.

»Keine Zitate«, sagt deine Mutter. »Etwas von dir selbst.«

*Heirate niemals eine Inderin*, schreibe ich in die Luft. Aber ich blase die Wörter gleich wieder weg.

Du drehst den Kopf und schaust nach draußen, wo die Sonne scheint. Du willst keinen weisen Rat. Du willst alles selbst entdecken.

Ich gewinne deine Aufmerksamkeit zurück, indem ich wie wild zu schreiben beginne, lange, schnörkelige Gebilde lasse ich entstehen. Mitten in einem Satz fällt dein Blick auf den Kugelschreiber in meiner Hand, der schreibt: … *gleitet im Aufzug nach unten und fährt zum Flughafen. Ohne Koffer, ohne Nudelholz. Alle haben dich gesehen, Ashirwad, Johan, mein Vater. Alle außer meiner Mutter. Sie hat dich nie in den Armen gehalten, sie hat dir noch nie etwas vorgesungen.* Chandaa maama door ke, puye pakaayen boor ke. *Ein Wiegenlied über den Mond, der seinen Keks nicht essen will. Mehr weiß ich nicht darüber, weil ich meine Mutter nur verstehe, wenn sie auf Hindi flucht.*

Eine Falte bildet sich auf deiner Stirn. Es ist nicht wahr. Ich weiß.

*Sie besteigt das Flugzeug und fliegt über den Ozean. Sie schnarcht so laut, dass die Piloten zunächst glauben, die Maschine habe einen Triebwerksschaden. Doch das Flugzeug stürzt nicht ab, und nach ihrer sicheren Landung in Italien fährt deine Oma mit dem Zug nach Bozen. Und sie geht den ganzen Weg vom Bahnhof hierher zu Fuß, weil ihr das Taxi zu teuer ist.*

Du blickst verzückt vor dich hin, als könntest du sehen, was ich beschreibe. Den Taxifahrer, der die Türen verriegelt und blitzschnell das Seitenfenster herauffährt.

*Dann steht Mama Tandoori vor der Tür. Ihr Finger nähert sich der Klingel.*

Ein »Oh« kommt aus deinem Mündchen, und plötzlich schaust du ängstlich und als würdest du jeden Moment anfangen zu weinen und zu schreien.

*Keine Angst*, schreibe ich. *Wir brauchen uns nicht zu verkriechen.*

Wir gehen zur Tür. Du vor mir, weil du die Klinke selbst herunterziehen möchtest, du kannst sie mit deinen Fingern gerade so erreichen. Manchmal, wenn du die Tür öffnest, stehe ich davor. Manchmal niemand. Als sie jetzt ein Stück auf dich zu schwingt, schaust du mit neugierigem, erwartungsvollem Blick durch den Spalt.

# Inhalt

Die niederländische Originalausgabe erschien unter dem Titel
»MAMA TANDOORI« bei De Bezige Bij, Amsterdam.



MIX
Papier aus verantwortungsvollen Quellen
FSC® C014889
FSC
www.fsc.org

Verlagsgruppe Random House FSC® N001967

1. Auflage

Covergestaltung: semper smile, München
Covermotiv: © Shutterstock/Maks Narodenko
Satz: Uhl + Massopust, Aalen
Druck und Einband: Friedrich Pustet, Regensburg
Printed in Germany
ISBN 978-3-442-75769-5

www.btb-verlag.de
www.facebook.com/btbverlag